KB121428

찾아야 할 동해
지켜야 할 독도

찾아야 할 동해
지켜야 할 독도

초판 1쇄 인쇄일 | 2016년 11월 15일
초판 1쇄 발행일 | 2016년 11월 22일

지은이 | 홍일송
펴낸이 | 강창용
기획·편집 | 노은정, 김은재
디자인 | 가혜순, 김동광
영업 | 최대현, 민경업

펴낸곳 | 느낌이있는책
출판등록 | 1998년 5월 16일 제 10-1588
주 소 | 경기도 고양시 일산동구 중앙로 1233번길 현대타운빌 1202호
전 화 | (代)031-932-7474
팩 스 | 031-943-5962
홈페이지 | http://www.feelbooks.co.kr
이메일 | mail@feelbooks.co.kr

ISBN 979-11-86966-33-4 03810

이 도서의 국립중앙도서관 출판예정도서목록(CIP)은 서지정보유통지
원시스템 홈페이지(http://seoji.nl.go.kr)와 국가자료공동목록시스템
(http://www.nl.go.kr/kolisnet)에서 이용하실 수 있습니다.
(CIP제어번호: CIP2016026969)

찾아야 할 동해 지켜야 할 독도

홍일송 지음

느낌있는책

Contents

우리가 찾아야 할 것,
지켜야 할 것

저는 한민족의 피를 이어받은 한국인입니다. 하지만 중학교를 졸업한 뒤 부모님을 따라 미국으로 건너가 40여 년 세월을 살아가고 있는, 많은 이들이 재미 동포 1.5세라고 부르는 미국 시민이기도 하지요.

　제가 어렸을 때는 영어를 좋아하는 아이들이 많지 않았습니다. 저 역시 영어를 몹시 싫어해, 미국행 비행기에 오를 때까지 구사할 수 있는 문장이라고는 고작 'I Am A Boy, You Are A Girl.'이 전부였습니다. 그래서 낯설고 물선 미국 땅에 적응해 나가기가 무척 힘들었습니다. 그런 까닭에 고등학생일 때는 뼛속까지 미국인이었으면 좋겠다는 생각을 한 적도 있었습니다.

　그러나 우연한 기회에 맺게 된 한인 학생회와의 인연이 모든 것을 바꾸어 놓았습니다. 워싱턴 지역 대학 총학생회 활동을 하면서 스스로에 대한 정체성이 자리를 잡기 시작한 것입니다. 한국인이라는 사실을 부끄러워하기는커녕 오히려 자랑스럽게 여기게 되었으니까요.

저는 대학에서 경제학을 전공했습니다. 만약 그 당시 한인 학생회와의 만남이 없었더라면 저는 학과 공부에 매진했을 것입니다. 그래서 어쩌면 지금쯤 경제 분야에서 상당한 학문적 성과를 이룬 학자로 우뚝 섰을 수도, 또 어쩌면 전공을 한껏 살려 많은 사람들이 부러워할 정도의 큰 부를 축적한 경제인이 되어 있을지도 모를 일이지요.

하지만 지금의 저는 그런 모습이 아닙니다. 2007년 미 연방 하원에서 만장일치로 통과된 '일본군 위안부 사죄 결의안' 추진에 힘을 보탰고, 2014년에는 버지니아 한인회장으로 활동하면서 주 의회의 '교과서 동해 병기 법안' 표결 통과에 전력을 쏟기도 했습니다. 대학 시절 맺은 한인 학생회와의 인연이 삶의 궤적을 전혀 다른 방향으로 옮겨 놓은 것이지요.

저는 지금 미국 시민 중 한 사람의 자격으로 워싱턴을 보듬고 있는 버지니아 주에서 풀뿌리 민주주의─인류가 추구하고 있는 보편적 가치를 실현하기 위한─를 기반으로 한 시민운동을 하고 있습니다. 나아가 한국인인 저는 한인회 활동과 함께 대한민국을 위한 민간공공외교 활동에 모든 역량을 다하고 있습니다.

제게는 꿈이 하나 있습니다. 세계 각지에 흩어져 살고 있는 750만 재외 동포들의 힘을 한데 모으는 일이 바로 그것입니다. 그래서 남북한에 살고 있는 국민들과는 또 다른 빛깔의 외침으로 조국 통일을 앞당기는 데 일조할 수 있기를 바랍니다.

물론 그러한 희망이 하루아침에 이루어지지는 않겠지요. 하지만 한 걸음, 두 걸음 뚜벅뚜벅 나아갈 것입니다. 그러다 힘이 다해 쓰러지면, 저와 같은 꿈을 가진 젊은이는 최소한 그만큼 나아간 지점에서 새로운 걸음을 내디딜 수 있을 테니까요.

《찾아야 할 동해, 지켜야 할 독도》 출간이 그 시작점입니다.

우리 대한민국은 몸은 비록 고국을 떠나 머나먼 이국땅에서 살고 있지만 가슴은 언제나 한반도를 향하고 있는 수많은 재외 동포들을 갖고 있습니다. 이 책을 읽는 모든 분들이 그와 같은 사실을 항상 기억해 주셨으면 하는 바람을 가져 봅니다.

미국 워싱턴 D.C.에서

홍 일 송

오늘, 미국에서
대한민국의 정체성을 말하다

한 스리랑카 인이 고급 카페에서 커피를 주문하자, 교복을 입은 불량
학생 무리가 "너희 나라가 가난해서 잘사는 우리나라에 돈 벌러 왔으
면서 이런 데서 커피를 먹냐."라며 시비를 건다. 이 광경을 지켜보던
주인공 덕수는 그 자리를 뜨려던 불량학생들을 막아서며 훈계를 한
다. 자신도 독일에서 광부였던 시절이 있었기에 그 학생들의 행패는
스리랑카 인과 동병상련 격인 덕수 본인을 조롱한 거나 마찬가지였
다. 가난한 나라에서 태어나 국가경제에 보탬이 되고자 궁여지책으로
해외에 나가 그가 겪어야 했던 수모와 차별의 답습이므로, 덕수에게
는 더 큰 회한으로 다가왔던 것이다. 어려운 시대를 살아 낸 대한민국
국민이라면 누구나 공감하게 되는 영화 〈국제시장〉의 한 장면이다.

현실 속의 덕수, 홍일송은 7,800명이라는 적지 않은 숫자의 독일 광부 파견이 막바지로 치닫던 1978년에 아버지를 따라 미국으로 건너갔다. 한창 사춘기이던 15세의 그에게 미국은 단순한 호기심만의 대상은 아니었다. 이제 막 중학교를 졸업한 여리고 자그마한 몸집에는 조국 대한민국의 정체성이 2차 성징으로 자리하고 있었고, 다른 빈자리에 미국을 흡수해야만 하는 혼돈의 시기였던 것이다. 이는 그의 부친이 당시의 홍일송과 똑같은 15세 때 광복을 맞았던 것과 정확히 일치하는 것으로 필자는 이를 골든 에이지(Golden Age)라 칭하고 싶다.

　파견 광부들이 느꼈던 독일과 15세 어린 나이의 홍일송이 느꼈던 미국. 나라와 상황만 다를 뿐 차별과 멸시는 공존하던 때였다. 그러나 홍일송은 다부졌다. 1985년 워싱턴 지역 대학 한인 총학생회장으로 있을 때, 거북선을 만들어 독립기념일 퍼레이드에 참가하기까지의 과정은 숭고하기까지 했다. 나무 값 3천 달러를 학생들의 자발적인 참여를 유도해 모았고, 거북선은커녕 한국어도 모르는 학생들, 망치 한번 잡아 보지 못한 손으로 거북선을 완성해 가면서 느꼈던 짜릿한 희열은 자신들 속에 한국인의 DNA가 있음을 깨닫는 감동을 자아내게 했다. 이는 타고난 리더십으로 골든 에이지에 도미했기에 가능한 것이었다.

　2007년에 그는 미국 하원으로부터 '일본군 위안부 결의안' 만장일치 채택을 이끌어 내는 데 큰 힘을 발휘했고, 2010년부터 2014년까지 버지니아 한인회장으로 있는 동안 버지니아 주 '동해 병기 법안'을 이끌어 내기도 했다. 이뿐만이 아니다. 페어팩스 카운티 정부는 카운티 지역 발전과 정치력 신장에 기여한 그의 공로를 기려 2014년 11월 30일을 '홍일송의 날'로 선포하기도 하였다. 홍일송은 이에 그치지 않고 '문화재찾기 한민족네트워크'와 '문화유산국민신탁' 미주본부장을 맡으면서 미국 내 우리 문화재의 반환에도 관심을 기울이고 있다.

골든 에이지에 미국으로 건너가 국제사회에서 조국의 발전을 위해 디딤돌 역할을 묵묵히 해 온 자랑스러운 우리 시대의 덕수, 홍일송. 노랗게 물든 은행잎을 바라보는 마음으로 이번 그의 책을 읽어 낼 수 있을 것 같아 기대가 크다.

김종규

한국박물관협회 명예회장

문화유산국민신탁 이사장

유연하면서도 전략적인 마인드로
공공외교의 성공적 사례 제시한 홍일송 회장

나는 그때의 감동을 아직도 잊을 수가 없다. 홍일송 회장이 자신의 경험담을 담담히 풀어 놓고 있는 동안 나는 주위에 학생들이 앉아 있다는 사실도 잊은 채 연신 눈물을 훔쳐야 했다. 워낙 눈물이 많은 편이기는 하지만 공공장소에서는 극히 조심하는 편인데도 참을 수가 없었다. 나는 그 자리에서 홍 회장의 열렬한 팬이 되었다.

　내가 재직하고 있는 이화여자대학교 국제대학원은 현장의 전문가를 양성하는 전문대학원이다. 전문대학원은 학문 그 자체의 목적에 충실한 일반대학원과는 달리, 의학전문대학원이나 법학전문대학원처럼 학문적 지식을 현실에 적용하는 실천력을 중시한다. 이에 현장의 목소리를 들려주기 위해 외부의 저명강사를 초청해 학생과 만나게 하는 '글로벌 저명인사 초청강의'가 매주 1회씩 진행된다.

이 자리에서는 국내외 글로벌 현장에서 활약하는 저명한 인사들을 초청해 강의하고 질의응답을 하는 시간을 한 시간 반 정도 갖는다. 유엔, IMF, 세계은행, EU의 고위직 인사는 물론이고 각국의 주한 대사, 문화원장, 외교관, 기업 대표 및 임원, 국회의원, NGO 리더 등 학생들이 쉽게 만날 수 없는 화려한 인사들이 초청된다. 한 교수가 그 강의에 홍일송이라는 버지니아 한인회장을 초청하고 싶은데 나서서 도와줄 수 있느냐고 물어 왔다.

필자는 일찍이 공공외교를 정규 과목으로 채택해 가르치기 시작했고 대학에 공공외교센터라는 연구소를 설립해 소장을 맡고 있다. 한국 내 대학으로서는 강의를 개설한 것도, 연구소를 설립한 것도 모두 최초의 일이다. 공공외교란 과거 외교관이나 정치인이 보이지 않는 곳에서 국가 간의 문제를 의논하고 결정하던 전문가 중심의 외교와 달리, 일반 시민이 외교의 주체와 대상으로 적극적으로 참여하는 외교의 새로운 패러다임이다.

우리 정부도 최근에 공공외교에 엄청난 관심을 가지고 성공적인 공공외교를 위해 조직과 예산을 개편하게 된 데에는 공공외교가 앞으로의 새로운 추세로 자리 잡으리라는 전망이 있기 때문이다. 민주화와 소통수단의 과학기술적 발달이 외교에서 시민의 역할이 중요해지는 이유이기도 하다. 이야기인즉슨 공공외교센터에서 홍 회장을 초청해 달라는 것이었다. 왜 공공외교센터가 미국에 있는 한인회장을 초청하라는 건지 이유가 궁금했다.

홍 회장에 대한 설명을 듣고 나서 그분이 오래 미국에 살았으니 영어로 강의를 하는 데 문제는 없겠지만 이번 강의는 우리말로 듣는 것이 더 좋을 것 같다는 생각이 들었다. 우리말 강의를 하려면 별도의 시간에 강연 계획을 새롭게 만들어야 했다. 공공외교센터의 직원과 조교들이 바쁘게 움직였다. 우리말 강의를 들을 수 없는 외국 학생들에게는 미안했지만 홍 회장이 전할 무용담과 감동을 고스란히 느끼고 싶었다.

홍일송 회장은 누구도 생각지 못했던 엄청난 일을 해낸 분이다. 공공외교의 대표적인 사례로 오랫동안 회자될 만한 모범이다. 미국의 수도인 워싱턴 D.C.와 맞닿아 있는 버지니아 주 한인들이 똘똘 뭉쳐 주하원에서 동해 병기 법안을 통과시킨 것이다. 전 세계의 공식 지도에서는 동해를 찾을 수 없다. 모두 일본해로 표기되어 있기 때문이다. 미국 학생들이 사용하는 교과서도 예외일 수 없다. 하지만 버지니아에서는 학생들이 배우는 모든 지도에 동해가 함께 표기된다는 말이다. 한국 정부도 하지 못했던 큰일을 버지니아 한인회장이 해낸 것이다.

이렇게 엄청난 성과를 얻은 홍 회장은 이렇게 말한다. 모든 이들이 이게 끝이라고 생각하지만 이는 출발일 뿐이라고……

"우리는 이제 버지니아 주를 제외한 미국의 49개 주는 물론, 일본해로 표기하고 있는 절대 다수의 국가들을 설득해야 합니다. 우리의 최종 목표는 바다와 관련된 부호 등의 국제적인 통일을 주관하고 있는 국제기구 IHO(International Hydrographic Organization, 국제수로기구)에서 공식적으로 동해를 병기하도록 하는 데 있습니다."

홍 회장이 버지니아 주에서 동해 병기를 성취한 경험을 책으로 내게 된 것을 진심으로 축하드린다. 공공외교를 가르치거나 배우는 분들, 이에 종사하거나 관심을 가진 분들, 풀뿌리 민주주의 운동에 종사하거나 관심 있는 분들, 외국에 사는 교포들 모두에게 꼭 권하고 싶은 책이다. 이 책에서 내가 특히 주목하고 싶은 부분은 홍 회장의 목표달성을 위한 전략적 마인드이다.

나는 풀뿌리 민주주의든, 공공외교든, NGO나 시민단체에서 운동을 하는 분들이 홍 회장처럼 목표지향성과 전략적 마인드를 갖기를 원한다. 홍 회장은 일본해를 동해로 바꾸는 목표를 세운 것이 아니라 '병기'를 목표로 함으로써 성취가능한 목표를 세웠다. 한인 유권자 등록 운동을 통해 한인 교민을 세력화함으로써 목표에 도달할 수 있었다. 운동을 하는 분들이 순수성에 집착한 나머지 이것 아니면 안 된다는 완강한 입장 때문에 아무것도 얻지 못하는 예를 수없이 봐 왔다. 우리 사회도 유연하면서도 전략적인 홍 회장의 성공 사례로부터 많은 교훈을 얻을 수 있기를 기대해 본다.

조 기 숙
이화여자대학교 공공외교센터 소장

CHAPTER 01

아 직은
슬픈 바다
동 해

버지니아가
선택한 이름,
동해

.

2014년 3월 5일.

버지니아 한인회 회장단을 비롯한 100여 명의 한인들은 버지니아 주
의회 전체회의실 방청석에 선 채, 초조한 마음으로 표결 과정을 참관
하고 있었다. 방청식이 좁아 입장하지 못한 동포 300~400여 명의 시
선 역시 로비의 텔레비전 생중계 화면에 집중되어 있었다.

새로운 법안 탄생을 위한 최종 단계인 주 하원 전체회의. 그곳에 운
집한 모든 한인들은 그 마지막 회의에서 버지니아 주 공립학교 교과서
에 동해 병기를 의무화하는 법안이 순조롭게 통과되기를 간절한 마음
으로 기다리고 있는 중이었다.

평생 동안 처녀(Virgin)로 살았던 영국 여왕 엘리자베스 1세를 기념하

는 의미에서 버지니아(Virginia)라는 이름을 갖게 된, 영국인들의 미 대륙 이민 초기에 형성된 곳이 바로 버지니아 주였다.

버지니아 주는 미국 동부 대서양 연안에 자리하면서 나라의 수도인 워싱턴 D.C.를 보듬고 있다. 미국에서 가장 긴 주 의회 역사를 갖고 있으며, 독립 초기 미국을 이끌었던 조지 워싱턴, 토머스 제퍼슨 등 8명의 대통령을 배출한 지역이기도 하다. 그만큼 보수적인 성향 역시 강해서 버지니아 주는 미국의 50개 주 가운데 새로운 법안을 만들어 통과시키는 데 가장 인색함을 보이는 곳으로 널리 알려져 있다. 우리 한인들이 그런 전통을 가진 버지니아 주 의회 표결을 기다리고 있는 것이다.

버지니아 주에서 새로운 법이 발효되려면 모두 일곱 단계에 걸친 관문을 넘어야만 한다. 동해 병기 법안 역시 그와 같은 절차를 거쳐 마지막 단계에 이르게 되었다. 의원이 법안을 제출하면 상원 소위원회 → → 상원 교육보건위원회 → 상원 전체회의 → 교차 심의 → 하원 교육위원회 → 하원 교육상임위원회 → 하원 전체회의 등 모든 단계에서 절반 이상의 찬성표를 얻은 후 주지사의 서명을 받아야 하는 것이다.

정원 100명의 버지니아 하원의원들의 표결 진행을 기다리는 동안 내 머릿속에는 지난 4년 동안 벌어졌던 수많은 일들이 영화 속의 한 장면처럼 떠올랐다가 스러져 가고는 했다.

그중 하나가 페어팩스 카운티 지역 주 의원 후보자 토론회 개최였다.

미국의 주 의원은 임기가 2년이다. 대통령 선거처럼 관심도가 높지 않은 데다가, 재임 기간이 짧은 까닭에 투표율이 지극히 낮은 편이다. 그런데 투표율이 낮을수록 투표에 참여하는 유권자의 가치는 높아진다. 매우 적은 표 차이로 당락이 뒤바뀌는 경우가 비일비재하기 때문이다.

그래서 2년마다 한 번씩 선거를 치러야 하는 의원들은 유권자들과의 직접적인 만남을 매우 소중한 기회로 여긴다. 나아가 유권자 한 사람, 한 사람이 자신의 당락을 결정할 수 있기 때문에 지역구민의 이야기에 성의껏 귀를 기울일 수밖에 없다.

그런데 미국의 유권자와 우리나라의 유권자는 개념이 다르다. 미국 국적을 가졌다고 해서 모두 다 유권자가 되는 것은 아니다. 스스로 투표할 의사를 갖고 유권자 등록을 마친 사람에게만 투표권이 주어진다.

한편, 의원들 입장에서 보면 유권자 등록을 하지 않은 지역구 시민은 자신의 당락에 아무런 영향을 미치지 않는다. 따라서 그들과는 만날 필요조차 없다. 그림자처럼 무시해도 될 대상인 것이다.

버지니아 한인회가 오랜 세월 동안 한인들에게 유권자 등록을 권유해 왔던 것도 그런 까닭이 있기 때문이었다. 우리 한인들의 정치력을 신장시키기 위해서 유권자 등록은 반드시 필요한 사항이었다.

2011년 10월 초순.

버지니아 한인회에서는 인근 중학교 강당을 빌려 한인들을 위한 버지니아 주 의원 후보자 토론회를 열었다. 그 행사는 우리가 주최하고 우리가 진행하는 토론회였다. 따라서 후보자들에게 질의할 내용 역시 우리 한인들과 관련된 것이 주류를 이룰 수밖에 없었다.

후보자 사무실에 한인 직원이 있는가? 좋아하는 한국 음식은 어떤 것인가? 등등 가벼운 질문부터 시작해 지역사회에서 한인들의 생활 등을 두루 물어본 뒤, 맨 끝 질문은 동해 병기로 마무리 지었다.

35년 동안 나라 없는 국민으로 살았던 우리는 1945년 미국을 비롯한 우방들의 도움으로 나라를 되찾을 수 있었다. 그 일에 대해 우리 모두 는 대단히 고맙고 감사하게 생각한다. 그런데 아직까지 되찾지 못한 몇 가지가 있다. 그중 하나가 '동해(East Sea)'였던 바다 이름이 '일본해 (Sea of Japan)'가 되어 버린 것이다. 우리는 지금 그 바다의 본래 이름 함 께 쓰기 운동을 하고 있다. 당신은 그 일에 찬성하는가?

사실 버지니아 주 의원 후보자들은 동해가 어디에 있는 바다인지조 차 모르는 사람들이었다. 우리가 아프리카에 있는 어떤 나라의 앞바 다 이름이 무엇인지 모르는 것처럼 그들도 마찬가지였다. 따라서 그 바다 이름이 동해로 불리든 일본해로 불리든 아무런 관심조차 없었을 터였다.

그럼에도 불구하고 토론에 참석한 후보자들은 반드시 대답을 해야 만 했다. 며칠이 지나면 투표소에 나가 표를 던질, 방청석에 앉은 수많 은 한인 유권자들이 두 눈동자를 또랑또랑하게 빛내며 자신의 대답을 기다리고 있기 때문이었다.

　얼굴 가득 곤혹스러움을 담고 있던 첫 번째 후보자가 대답했다.

　"대단히 죄송합니다. 하지만 저는 지구 건너편에 있는 그 바다에 대해서 아는 바가 없기 때문에 이 자리에서 말씀드리기가……."

　발언을 중단시킨 사회자가 단호하게 말했다.

　"하지만 질문 내용이 매우 구체적이므로 충분히 이해는 하셨겠지요?"

　"예."

　"그렇다면 후보자께서는 우리 모두가 지향하고 있는 인류의 보편적인 가치 추구와 정의 구현이라는 대명제를 고려해 충분히 답변하실 수 있으리라 믿습니다. 그럼에도 불구하고 후보자께서 대답을 거부하신다면 다음 후보자에게 마이크를 넘기겠습니다. 물론 그 이후 투표소에서의 일은 여기에 모인 유권자들 각자의 판단에 맡겨야 하겠지요."

　잠시 망설이던 첫 후보자가 대답했다.

　"찬성합니다."

　그 뒤를 이은 후보자들 역시 마찬가지였다.

　사회자의 설명처럼 동해 병기 법안 추진은 인류가 추구하는 보편적인 가치나 사회 정의 차원에서 어긋나지 않는 일이었다. 나아가 강자가 약자에게 강탈해 간 것을 본래의 자리로 되돌려 놓는 일이기도 했다. 게다가 수많은 한인 유권자들 앞이었다. 따라서 후보자들은 모두 '예!'라고 대답할 수밖에 없었다.

그런데 그 대답은 공식적인 자리에서 밝힌 의사 표시였다. 따라서 주 의원에 당선이 된 후에도 일관성을 유지해야 한다. 한 번이라도 말을 바꾸면 치명적인 약점이 되어 정치를 그만두는 순간까지 두고두고 괴롭힘을 당하는 것이 미국 정치인이기 때문이다.

우리는 결국 모든 후보자들에게 동해 병기를 지지하고 찬성한다는 대답을 들었다. 나아가 우리 한인들의 저력을 보여 주었다. 그 일을 계기로 버지니아 주류 사회로부터 소수민족인 한인 사회의 정치력이 한층 신장되었다는 평가를 받게 된 것이다.

후보자 토론회를 마친 나는 승용차를 끌고 남부 버지니아로 향했다. 북부 버지니아 출신 몇몇 의원들의 찬성만으로는 동해 병기 법안 통과가 절대 불가능하기 때문이었다.

남부 버지니아에는 4개의 한인회가 있었다. 그 지역에 거주하고 있는 한인들의 숫자는 비록 많지 않았지만, 모두들 진한 연대의식과 한인으로서의 자긍심을 갖고 있었다. 특히 대다수의 한인들이 한인회 집행부의 적극적인 권유를 받아들여 유권자 등록을 했기 때문에 지역 주 의원이 가볍게 여길 수 없는 상황이었다.

나는 한인회가 조직되어 있는 네 도시를 돌며 동해 병기 법안 추진에 대해 설명했다. 그들은 모두들 적극적인 동참 의사를 밝혔다. 심지어는 그 자리에서 의원에게 연락을 취한 뒤 곧바로 만나 동해 병기 법안 통과에 힘을 보태겠다는 약속을 받아 내기도 했다.

그렇게 남부 버지니아를 한 바퀴 돌고 나서 집으로 돌아온 나는 기절하듯 쓰러져 버렸다. 그리고 자고 또 잤다. 일어나 보니 웬걸, 36시간이 흐른 뒤였다. 한 달여 동안 신경을 바싹 곤두세운 채 무려 5,800킬로미터에 이르는 거리를 운전하고 다녔으니 온몸이 물먹은 솜처럼 잦아들 수밖에 없었던 것이다.

육체적으로는 그 어느 때보다 고단했지만 정신적으로는 무척 뿌듯한 시간들이었다. 남부 버지니아 한인회와의 연대를 통해 동해 병기 법안 통과에 대한 가능성이 한층 높아졌기 때문이었다.

그리고 또 하나 잊히지 않는 사건은 하원 교육위원회 통과였다.

2014년 1월 28일, 하원 교육위원회에서 동해 병기·법안 표결이 있었다. 결과는 4:4였다. 교육위원회 소속 의원 9명 중 1명이 출석을 하지 않아 동수라는 애매한 결과가 나온 것이었다.

표결 결과를 발표하자 동해 병기에 반대하는 의원이 발언을 했다.

"과반수의 정의는 절반을 넘은 수입니다. 따라서 4:4 동수를 얻은 이 법안은 부결입니다. 위원장께서는 부결을 선포하시기 바랍니다."

그런데 원내대표는 동해 병기 법안을 찬성하는 인물이었다. 그래서인지 난감한 표정을 짓고 있던 위원장이 한참 만에 입을 열었다.

"동해 병기 법안이 과반수를 얻지 못해 통과되지 않은 것은 사실입니다. 하지만 의원 한 명이 출석을 하지 않아 동수가 되었기 때문에 부결 선포에도 다소 무리가 있다는 생각이 듭니다. 따라서 위원장인 저는 오늘 표결의 유예와 함께 24시간 후 재표결을 선언합니다."

하마터면 그동안의 모든 노력이 수포로 돌아갈 수도 있는 아찔한 순간이었다. 하지만 위원장의 호의적인 판단으로 동해 병기 법안은 희망을 이어 갈 수 있었다.

그날 밤, 버지니아 한인 회장단은 구체적인 전략회의를 열었다. 그리고 동해 병기 법안 찬성 의원들을 근접 경호하는 것이 가장 바람직한 방법이라는 결론을 내렸다. 특히 오늘 낮 회의에 출석하지 않았던 의원의 경우, 단 한 순간도 놓쳐서는 안 되는 주요 인물로 지목해 두었다. 오래전부터 동해 병기 법안 찬성을 약속한 의원이기 때문이었다.

이튿날, 우리는 일찌감치 의사당으로 향했다. 그리고 각자 맡은 의원의 근접 경호가 시작되었다. 건물 입구에서부터 사무실에서 휴게실로, 휴게실에서 식당으로, 그리고 화장실에 이르기까지 어제 결석한 의원 옆에 바싹 붙어 끝까지 따라다녔다.

화장실에서 나온 의원이 어이없는 표정으로 말했다.

"오늘은 표결에 참석할 겁니다."

밀착 경호를 담당한 우리 한인이 대답했다.

"예, 의원님. 반드시 그러시리라 믿습니다."

"그렇다면 이렇게 따라다니지 않아도 괜찮지 않나요?"

하지만 한인 경호 요원은 요지부동이었다.

"오늘 저는 회의가 끝나는 순간까지 의원님의 그림자가 될 것입니다."

"예?"

"그러니 신경 쓰지 마시고 편하게 행동하시라는 말씀입니다."

의원이 그의 말을 되받았다.

"뒤통수에 콧바람이 닿을 만큼 바싹 붙어 따라다니는데, 어떻게 신경이 쓰이지 않을 수가 있겠어요?"

"의원님, 저도 어색하고 민망해서 미치겠습니다. 하지만 어쩔 수가 없으니 이해해 주세요."

그렇게 해서 하루 전 결석한 의원을 시간에 맞추어 회의실까지 안내하는 데 성공했다. 몸이 바싹 붙은 두 사람이 회의실로 들어서는 순간, 먼저 도착해 자리에 앉아 있던 여덟 의원들이 박장대소를 터뜨렸다.

그렇게 해서 2014년 1월 29일, 하원 교육위원회에서는 동해 병기 법안에 대한 재표결이 이루어졌다. 표결 결과는 5:4였다. 하마터면 물거품이 될 뻔했던 동해 병기 법안이 가까스로 버지니아 주 의회 하원 교

교육 소위원회에서 동해 병기 법안의 당위성에 대해 설명했다(2014년).

26

육위원회를 통과한 것이다.

나아가 일본의 방해공작 역시 우리들의 가슴을 졸이게 했다. 2012년 10월 11일, 동해 병기 법안이 주 상원 교육보건위원회에 상정되자 일본대사관에서는 미국 내 유명 대학이나 기관에 일본해의 정통성을 주장하는 편지를 보냈다. 편지의 발신인 주미 일본대사관 시게키 다키자키 수석 공보관은 '귀하가 관심을 가질 만한 책 1권을 동봉한다.' 면서 일본 데이쿄대학이 발간한 '지명의 기원과 기능—일본해 지명의 연구'라는 문서를 함께 보냈다.

영어와 일본어로 쓰인 137쪽 분량의 이 책은 여러 고지도에 표기된 '일본해'를 소개하고 있는데, 일본해의 정통성을 주장하면서 '동해'라는 명칭은 한국과 중국, 그리고 일본 등 나라마다 동쪽이 다르기 때문에 문제가 있다고 강조하고 있었다.

그뿐만이 아니라 일본대사관은 '전통적으로 버지니아 주와 일본은 돈독한 우의를 보여 왔다.'고 전제하면서, 만약 동해 병기 법안이 통과되면 '10억 달러 이상을 투자해 1만 3천여 개의 일자리를 창출한 일본 기업들이 버지니아를 떠날 수도 있다.'는 협박을 공공연하게 하기도 했다.

그 이외에도 헤아릴 수 없는 난관이 있었다. 그럼에도 불구하고 동해 병기 법안이 마지막 관문까지 도달할 수 있었던 것은 순전히 하나로 힘을 모은 15만 버지니아 한인들의 노력 덕분이었다.

2014년 2월 6일, 동해 병기 법안이 주 하원 전체회의에서 통과되었다.

2014년 3월 5일, 드디어 표결 발표의 순간이 되었다.

동해 병기 법안은 정원 100명인 버지니아 주 하원 전체회의에서 최대한 많은 찬성표를 얻어 통과되어야 한다. 만에 하나 주지사가 거부권을 행사하더라도 재심의에서 의원 2/3이상이 찬성을 하면 법안이 확정되기 때문이다.

단상에 오른 의장이 표결 결과 집계표를 들었다. 방청석에 선 우리는 숨조차 제대로 쉴 수가 없었다. 불끈 쥔 손바닥은 이미 땀으로 흥건하게 젖어 있었고, 속절없이 쿵쾅거리는 심장박동 소리 때문에 의장의 발표를 듣지 못하게 될까봐 노심초사했다.

"동해 병기 법안이 찬성 82표, 반대 16표로 통과되었음을 선포합니다!"

탕! 탕! 탕!

의장이 두드린 의사봉 소리가 회의실에 울려 퍼졌다.

지나친 긴장 때문이었을까? 표결 결과를 발표하는 순간, 한인들이 자리하고 있던 방청석에서는 거짓말 같은 정적이 흘렀다. 절반쯤 입을 벌린 채, 그저 멀뚱한 눈으로 옆 사람을 바라보고 있을 뿐이었다. 찬반이 엇갈리는 의회 표결임을 감안하면, 버지니아 주 의회를 최종적으로 통과한 동해 병기 법안은 완벽에 가까운 승리를 거둔 셈이었다. 그럼에도 불구하고 실감이 나지 않는 것이었다.

그렇게 2~3초가 흘렀을 때였다. 누군가 혼잣말로 자신에게 확인하듯 물었다.

"통과된 거죠? 찬성 82라고 발표한 거 맞지요?"

그 소리를 듣고서야 모두들 정신을 차렸다. 그리고 누가 먼저랄 것도 없이 서로를 끌어안았다.

"해냈어요!"

"그래요, 우리가 해냈네요!"

동해 병기 법안 통과는 2011년 초부터 4년여 동안 버지니아 주 한인 동포들이 한마음으로 노력한 결과물이었다. 그러니 모두들 부둥켜안은 채 눈물범벅 콧물범벅해 가며 감격하지 않을 수 없었던 것이다.

나 역시 마찬가지였다. 배꼽 근처에서 시작된 알싸한 전류가 활화산처럼 솟구쳐 오르는가 싶더니, 순식간에 가슴을 거쳐 온몸으로 퍼져 나갔다. 그와 동시에 최고조에 이르렀던 긴장이 사그라지면서 다리의 힘이 풀려 상체가 휘청 기울어졌다.

"어? 홍 회장님!"

바로 옆에 서 있던 한인회 임원이 화들짝 놀라 팔을 붙잡아 주었다. 덕분에 가까스로 중심을 잡을 수 있었다.

"고맙습니다."

"괜찮으신 거예요?"

"아, 네. 한숨 푹 자고 나면 좋아지겠지요."

나는 웃었다. 온몸은 물먹은 솜처럼 가라앉고 있었지만 나도 모르는 사이에 배슬배슬 웃음이 나왔다.

"그래요. 홍 회장님, 그동안 지나치게 무리하셨어요."

무리, 혹은 과로. 그것은 나만의 몫이 아니었다. 버지니아에 살고 있는 한인, 우리 모두가 다 똑같은 입장이었으니까.

내가 웃으면서 말했다.

"아무리 피곤해도 오늘 우리 막걸리 파티는 해야겠지요?"

"회장님도 참……."

스스로 만들어 낸 전류 때문에 자칫 연탄불 위에 놓인 오징어처럼 배배 꼬일 뻔했지만, 그것은 분명 기분 좋은 감전이었다. 그것도 대학 시절 미국 독립기념일 퍼레이드에 참가하기 위해 거북선을 만들 때였던 1985년 이후 무려 30여 년 만에 느껴 보는…….

어쨌든 동해 병기 법안이 통과되던 날, 우리는 막걸리를 마셨다. 모처럼 홀가분한 마음으로 웃고 떠들면서, 누가 누구에게랄 것 없이 축하해 주고 축하를 받았다. 그 누구도 가능할 것이라고 여기지 않았던 일을 기어코 해내고야 말았다는 뿌듯함에 모두가 행복한 마음이었다.

돌이켜 보면 내가 버지니아 한인회 회장직을 수행하면서 추진했던 동해 병기 법안은, 어쩌면 젊은 날 친구들과 함께 만들었던 거북선과 그 뿌리가 같은 데 있는 것이었는지도 모른다. 경제학을 공부하고 있던 내 가슴속에 시민운동과 한인회 활동이 들어온 것이 바로 그때였으니까 말이다.

뒤풀이를 마친 후 집으로 향하면서 두 주먹을 살포시 거머쥐었다.

'이제 시작이다!'

동해 병기는 앞으로 훨씬 더 높은 벽과 마주할 것이었다. 하지만 우리는 반드시 그 벽을 넘어야만 한다. 아니, 기어코 넘을 것이다. 그래서 세계인 모두가 동해를 알고, 동해라는 바다 이름을 사용하게 해야 한다.

그런데 버지니아 주 동해 병기 법안 통과와 관련해서 많은 사람들이 잘못 생각하고 있는 것이 하나 있다. 그것은 모든 것이 끝났다고 여기는 것이다. 세계 지도에 동해를 병기하는 숙제는 버지니아 주에서 법안이 통과됨과 동시에 출발선에 서게 된 것에 불과하다. 우리는 이제 버지니아 주를 제외한 미국의 49개 주는 물론, 일본해로 표기하고 있는 절대 다수의 국가들을 설득해야 한다. 게다가 우리의 경쟁 상대는 경제대국 일본이다. 그것도 '일본해'라는 팻말을 들고 일찌감치 결승

점을 통과해 희희낙락하고 있는 일본.

그리고 우리의 최종 목표는 바다와 관련된 부호 등의 국제적인 통일을 주관하고 있는 국제기구 IHO(International Hydrographic Organization, 국제수로기구)에서 공식적으로 동해를 병기하도록 하는 데 있다.

일제 강점기였던 1929년, 일본이 단독으로 일본해로 등록해 버렸던, 그래서 거의 모든 나라가 일본해라고 부르고 있는 우리의 동쪽 바다 동해를 함께 쓰도록 하는 데 있는 것이다.

가까스로 출발선에 섰으므로 이제 우리 앞에는 달리는 일만 남아 있다. 버지니아를 제외한 미국의 49개 주에서도, 그리고 세계의 모든 나라에서도 동해를 표기할 수 있도록 모두가 함께 힘을 모을 필요가 있다.

북아메리카 대륙 동쪽 끝자락 버지니아에서 시작된 우리 바다 이름 동해 찾기 운동이, 5년마다 한 번씩 지구 반대편 모나코에서 열리는 IHO 총회를 움직일 수 있을 만큼 확산되어야 한다. 그래서 이 세상 모든 사람들이 우리의 애국가 첫 소절에 나오는 '동해물과 백두산이~'의 동해가 어디에 있는 바다인지 알게 되는 날이 하루빨리 오기를 간절히 소망해 본다.

어찌 첫술에 배부를 수 있겠는가?

동해 병기를 추진하면서 가장 많이 들었던 질문은 '왜 동해 병기인가?'였다. 어떻게 '동해 단독표기'가 아닌 '일본해와 병기'를 추진하느냐며 볼멘소리를 하는 사람도 있었다. 그럴듯한 얘기다. 당연히 그런 불만을 가질 수 있다.

하지만 한 뼘만 더 깊이 생각해 보자. 동해 단독표기가 아닌 병기를 청원하기 위해 10만 명의 서명을 받아 백악관에 제출했다. 하지만 답변은 일언지하에 'NO!'였다. 버지니아 주 동해 병기 법안 통과 역시 수많은 동포들이 한마음으로 애를 썼음에도 불구하고 4년에 가까운 시간이 걸렸다. 단독표기가 아닌 병기임에도 불구하고…….

오늘날 동해의 국제적인 공식 명칭은 '일본해'임을 직시해야 한다. 감정을 앞세워 성취할 수 있는 일은 그다지 많지 않다. 단독표기는 그 이후의 일이다.

내 주머니에 든 독도,
하지만 동해는?

 나는 동해 병기 청원 운동을 시작한 해부터 법안이 버지니아 주 의회를 통과해 주지사 서명이 완료된 해까지 버지니아 한인회 회장직을 수행했다. 한인회 회장의 임기는 본래 2년이지만 동해 병기 법안 통과를 마무리하기 위해 재임을 해, 4년이라는 세월 동안 버지니아 한인회 회장 역할을 하게 되었던 것이다. 그런 까닭인지 언제, 어디를 가더라도 동해나 독도와 관련된 다양한 질문을 받고는 했다.

그중에서 가장 많이 받는 질문은 "동해와 독도 문제를 동시에 다루는 것이 바람직할 것 같은데, 왜 동해 병기 법안만 추진하는 건가요?"였다. 처음부터 두 개의 사안을 하나로 묶어서 진행했더라면 두벌 일이 되지 않아 좋았을 것이라는 친절한 설명도 뒤따랐다.

독도가 동해에 있는 섬이니 당연히 그렇게 생각할 수 있다. 게다가 얼핏 생각하면 일리 있는 말이기도 하다. 시간과 정력 낭비를 최소화하면서 우리가 원하는 바를 이룰 수 있을 듯하기 때문이다.

하지만 독도 영유권과 동해 병기 문제는 절대로 한데 묶어 처리할 사안이 아니다. 독도와 동해는 정반대 입장에 있기 때문이다. 다시 말해 독도는 우리 손에 있지만, 동해는 일본의 손에 들어 있다는 얘기다.

더 정확하게 말하자면, 독도는 오늘날 우리가 실효지배하고 있는 대한민국의 고유 영토다. 그렇다면 동해는? 유감스럽게도 동해는 우리나라에서만 동해다. 한반도를 벗어나 세계로 나아가면 동해가 아닌 Sea of Japan, 즉 일본해라는 이름이 훨씬 더 널리 쓰이고 있다. 독도와 동해의 접근 방법이 달라야 하는 이유는 바로 거기에 있다.

그래서 나는 그런 질문을 받을 때마다 다음과 같이 되묻고는 했다.

"우선 당신 주머니에 100달러짜리 지폐 한 장이 들어 있다고 가정한 뒤 지금부터 질문을 하겠습니다. 대답해 주시겠습니까?"

"네, 그렇게 하지요."

"그 지폐는 오랫동안 당신이 간직해 온 돈인데, 이웃집 아저씨가 느닷없이 찾아와 그걸 달라는 거예요."

"예? 내 주머니 속 돈을요?"

"그 돈이 본래는 자기 것이었는데, 언젠가부터 당신 주머니 속에 들어가 있게 되었다면서 달라고 우기면 어떻게 하시겠습니까?"

"에이, 설마 그런 사람이 있을라고요?"

"혹시라도 그런 일이 벌어진다면, 그 100달러짜리 지폐를 이웃집 아저씨한테 순순히 내주실 거냐고 묻고 있는 겁니다."

"분명히 내 것인데, 그걸 왜 줘요?"

"그렇지요? 내 것, 네 것을 구분하지 못할 정도로 바보가 아닌 이상 자기 주머니에 들어 있는 돈을 순순히 내주는 사람은 없을 거예요."

"당연하지요."

"좋습니다. 그러면 두 번째 질문을 드리겠습니다."

"예……."

"그래도 계속 그 돈이 자기 거라고 우겨 댄다면 당신은 동네 사람들을 모아 놓고, 내 주머니 속 돈이 내 것인지 이웃집 아저씨 것인지 결정해 달라며 그 지폐를 꺼내 놓으시겠어요?"

"가만히 있어도 내 돈인데 왜 그런 짓을 해요? 게다가 남의 주머니 속 지폐가 본래 자기 것이었다고 우길 정도의 인간이라면, 동네 사람들을 미리 매수해 놓았을 수도 있잖아요?"

"동네 사람들도 믿을 수가 없다는 말씀인가요?"

"사람이란 서로 이해관계로 얽히는 경우가 많잖아요? 그러니 그들의 판단을 100% 예견할 수는 없는 일이지요."

"옳은 말씀입니다. 게다가 그 돈은 본래 당신 주머니에 들어 있었으니 시비가 붙을 까닭이 없어요. 이웃집 아저씨가 강도라면 또 모를까……."

"당연하지요!"

"우리의 영토인 독도 역시 마찬가지입니다."

"예?"

"독도가 바로 그 100달러짜리 지폐거든요. 당신은 대한민국이고 이웃집 아저씨는 일본이지요. 동네 사람들은 국제사법재판소고요."

"아!"

"내 주머니에 들어 있는 돈을 내 것이라고 주장할 필요가 없는 것처럼, 독도 역시 우리 땅이라고 목소리를 높여 과잉대응으로 문제를 일으킬 이유가 없어요. 독도는 어차피 우리 영토니까요."

"하지만 일본에서 자꾸만……."

"당신 주머니 속 지폐를 자기 것이라고 억지를 부리는 이웃집 아저씨 말인가요? 시간이 흐를수록, 그리고 목소리가 커질수록 동네 사람들한테 망신살만 더욱 뻗치게 되지 않을까요? 누가 뭐라고 해도 당신은 그 지폐를 꺼내 그 사람한테 주지는 않을 거니까요."

"그러네요."

"자, 그러면 독도 문제는 해결되었지요?"

"네. 그렇다면 동해는……?"

나는 동해 역시 독도처럼 우리의 일상과 연결해 설명을 하고는 했다.

"동해는 전혀 다른 문제지요."

"어떻게 다르다는 건가요?"

"예컨대 당신이 지금 두 가구가 입주해 있는 빌라에 살고 있다고 가정해 봅시다. 그런데 문패를 걸 수 있는 공간이 하나밖에 없어요. 처음에는 그 집으로 먼저 이사한 당신 이름을 내걸었어요. 그러던 중에 어쩌다 몸이 아파 며칠 동안 앓고 일어나 보니 대문에 당신 문패는 온데간데없고, 옆집 사람 이름이 떡하니 걸려 있는 거예요. 그 사이에 빌라가 자기네 집이라고 동네방네 소문까지 다 내놓았고요. 이런 경우라면 어떻게 하시겠어요?"

"공동으로 소유하고 있는 빌라니까, 글씨 크기를 조금 줄여서라도 두 사람 이름을 다 쓰는 게 옳지요."

"제 생각도 그래요. 예전처럼 당신 이름만 내걸겠다고 하면 동네 사람들도 고개를 가로저을 거예요. 그러면서 시끄럽게 떠들어 대지 말고 지금 문패가 달린 그대로 사용하라고 할지도 모를 일이지요."

"그럴 수도 있겠네요."

"동네 사람들은 두 집이 살고 있는 빌라 문패와 아무런 이해관계도 없어요. 누구 이름을 내걸든 큰 관심이 없다는 말이지요."

"그렇겠지요."

"하지만 옆집 사람은 자기 이름을 내걸어 놓은 뒤, 두 집이 공유하고 있는 공간인 중간 복도까지 자기 소유인 양 행세를 하고 있어요. 그러니 어떻게든 바로잡아야 하지 않겠어요?"

"당연히 그래야지요."

"그래서 대부분의 나라들이 일본해로 표기하고 있는 바다 이름에

2015년 10월 5일, 서울 프레스센터에서 '사라진 동해를 찾아 주세요'라는 주제로 강연을 했다.

동해를 병기하자고 주장하는 겁니다."

"아, 그렇군요!"

나는 이와 같은 방법으로 오늘날 독도와 동해가 처해 있는 상황을 얘기해 주었다. 내 설명이 적절한 것인지는 알 수 없지만, 모두들 독도와 동해의 현재를 나름대로 이해하는 듯했다. 그리고 동해 병기 청원 운동에 기꺼이 힘을 보태 주고는 했다.

독도와 동해를 함께 다룰 수 없는 또 하나의 이유가 있다. 버지니아 한인회가 동해 병기 법안을 추진했던 것은 미국의 풀뿌리 민주주의에 기초하고 있다. 투표권을 가진 한국계 미국인들이 역사적인 관점에서 억지가 분명한 '일본해' 표기를 바로잡기 위해 주 의원들을 설득한 것은 미국 시민의 한 사람으로서 지극히 마땅한 일이다. 그런 까닭에 대부분의 버지니아 주 의원들은 한인들이 중심이 되어 청원한 동해 병기 법안의 정당성을 동의하고 인정해 주었다. 그래서 82:16이라는 압도적인 지지를 얻어 법안이 통과되었던 것이다.

더불어 동해 병기는 대한민국과 일본의 문제가 아니라, 버지니아의 내일을 이끌고 나아갈 아이들의 역사 교육과 직결된 사안이다. 주 의회의 판단에 따라 국공립학교의 역사 교과서를 바꿀 수도 있다. 그래서 의원들의 관심을 이끌어 낼 수 있었다.

어떤 문제가 생겼을 때 한국인과 미국인의 생각에는 큰 차이가 있다. 문제의 본질에 접근하는 방법이 다르기 때문이다. 다소 극단적인 예가 될지는 모르겠지만, 나는 버지니아에서 일어난 한 사건을 통해 그런 현상을 절감한 적이 있었다.

2007년 봄, 버지니아 공대에서 총기 난사로 범인을 포함한 33명이 사망하고, 29명이 부상을 당하는 비극적인 사건이 벌어졌다. 그런데 유감스럽게도 그 끔찍한 사건을 일으킨 장본인이 정신 병력을 갖고 있던 한국계 미국인이었다. 미국 역사상 최악의 총기 살인 사건으로 언급될 만큼 엄청난 사태가 벌어지자, 버지니아 한인 사회는 발칵 뒤집히고 말았다. 수십 년에 걸쳐 쌓아 올린 한인들의 긍정적인 이미지가 단 한순간에 무너져 버릴 수도 있기 때문이었다. 그럼에도 불구하고 우리 한인들은 차분하게 대처했다. 그 어느 때보다 더 조심스럽게 생각하고 말했으며, 행동으로 옮기는 일에는 더더욱 신중에 신중을 기했다.

그런 가운데 한국의 여러 정치 지도자들에게 연락이 왔다. 우리 동포 중 한 명이 일으킨 사건이니만큼, 모국의 정치인들이 미국을 방문해 공식적인 유감표명을 하는 것이 피해자들은 물론, 버지니아 시민들에게 예의가 아니겠느냐는 것이었다. 무척 황당한 제안이었다. 버지니아 한인회는 한국 정치인들의 방미를 정중하게 거부했다. 그 사건은 한국식 사고방식으로 접근하면 안 되기 때문이었다.

만약 한국 정치인들이 한국식 사고방식을 고수해 미국으로 건너와 유감을 표명한다면 어떤 일이 벌어지게 될까? 물론 그 정치인은 생색도 내고 사과를 할 줄 아는 정치인이라는 그럴듯한 포장지 한 겹을 쓸수는 있을 것이다. 하지만 한국 정치인이 공식적인 사과를 하는 순간, 버지니아 한인 사회 전체는 그 사건의 공범이 되어 버리고 만다. 얼굴한 번 본 적이 없는 가해자와 공범이 되어 뭇 사람들의 무차별적인 눈총과 비난을 고스란히 받아야만 하는 것이다.

버지니아 공대 총기 난사 사건은 수많은 사람들에게 엄청난 충격을 안겨 준 불행한 사태임이 분명했다. 하지만 정신병을 앓고 있던 미국인 한 명이 끔찍한 사고를 낸 뒤 스스로 목숨을 끊은 단순 사건이기도 했다. 따라서 어떤 미국 정치인도 그 사건과 관련해 한인 사회를 언급하지 않았다. 아니, 언급할 필요성을 느끼지 못했다. 수많은 희생자가 생겨나기는 했지만 지극히 개인적인 사건이기 때문이었다.

그런 사건이 발생할 때마다 미국 사람들이 모국이나 민족을 연계해

집단적인 비난과 눈총을 주었더라면, 이민의 나라 미국은 이미 오래전에 난장판이 되어 버렸을 것이다. 미국인에게 모국은 그저 모국일 뿐이다. 사건의 주체가 한국계든 일본계든, 미국 내에서 미국인에 의해 벌어진 일은 당연히 미국 스스로의 책임이라고 생각하는 것이다.

한국인의 감성적인 사고와 미국인의 이성적인 사고는 옳고 그름의 문제가 아니다. 그 이전에 사람들이 갖고 있는 성향이며, 따라서 어떤 사안에 대한 접근 방법이 서로 다를 수밖에 없음을 확실하게 인식할 필요가 있다.

어쨌든 동해 병기 법안과 일본의 독도 영유권 주장은 전혀 다른 문제다. 독도는 미국과 아무런 상관이 없는 대한민국과 일본의 영토 분쟁이다. 미국은 기본적으로 제3국 사이에 벌어지는 영토 분쟁에 끼어들지 않는 것을 원칙으로 하고 있다. 자국의 국익에 손해를 끼치거나 세계 평화를 깨뜨릴 정도의 무력충돌이 일어나지 않는 한 철저하게 중립을 지킨다. 게다가 미국의 50개 주는 외교권이 없다. 미국의 외교권은 연방정부가 갖고 있다. 따라서 미국 내 모든 주의 의원들을 모두 설득한다 해도 독도와 관련된 도움은 전혀 기대할 수 없다.

반드시 명심해 두자. 독도는 우리 주머니 속에 들어 있는 우리 영토다. 하지만 동해는 다르다. 독도는 수호해야 하지만 동해는 쟁취해야 한다. 국제수로기구도, 대부분의 나라들도, 동해가 아닌 일본해라는 명칭을 더 널리 사용하고 있다. 현실을 냉철하게 직시하고 상황에 맞는 대응을 해야 할 때다.

동해와 관련된 일본의 주장은 어떠한가?

우리는 지금까지 일본과 관련된 이야기만 나오면 늘 감정을 앞세우고는 했다. 역사적 앙금이 워낙 깊으므로 충분히 그럴 수 있다. 하지만 순간적인 분노는 아무런 보탬이 되지 않는다. 그러니 마음을 차분하게 가라앉히고 동해와 관련된 일본의 주장을 주의 깊게 살펴볼 필요가 있다.

다음은 일본 외무성의 주장이다.

- '일본해'는 국제적으로 확립된 표기로, 전 세계에서 널리 사용되고 있는 명칭이다. 따라서 현 단계에서 명칭을 변경하는 것은 불필요한 혼란만 초래할 수 있다.

- '일본해'는 18세기 말~19세기 초 서양에 의해 확립된 명칭이다. 한국의 주장처럼 19세기 말, 일본의 국제적 영향력이 확대되면서 강제로 확립된 것이 아니다.

- '일본해'는 태평양을 일본열도가 분할하고 있는 지리적 특성을 감안하여 붙여진 명칭일 뿐, 일본의 소유권을 주장하여 붙여진 명칭이 아니다.

일본의 이러한 주장을 당신은 어떤 방법으로 반박할 것인가?

꿈과 희망, 그리고 진인사대천명

 진인사대천명(盡人事待天命)이라는 말
이 있다. 사람으로서 해야 할 일을 다한 뒤, 그 이후의 일은 하늘의 뜻
에 맡긴다는 뜻의 한자성어다. 많은 사람들이 이 말을 좌우명을 삼고
있다. 그 글귀가 담고 있는 의미에 그만큼 공감하기 때문이다.

그런데 좋은 말일수록 실천하기가 어렵다. 아니, 행동으로 옮기기
가 쉽지 않기 때문에 좋은 말인지도 모른다. '사람으로서 해야 할 일을
다한다'는 것. 곰곰이 생각해 보면 얼마나 애를 써야 최선을 다하는 건
지 경계가 모호하다. 기준점이 없다. 또한 뭔가를 위해 안간힘을 다 쏟
아부었지만 지나고 나면 늘 회한이 남고는 한다.

많은 사람들이 어떤 일이 끝나고 나면 '그때 조금만 더 열심히 했더

라면…….' 하며 자신을 책망한다. '며칠만, 아니 하루만 더 여유가 있었더라면…….' 하며 부족한 시간을 원망하기도 한다. 진인사(盡人事)를 하기란 그만큼 어렵다.

자신을 위한 일을 할 때도 최선을 다하기란 쉽지 않은데, 하물며 여러 사람이 모여 공동의 일을 추진할 때는 어떠하겠는가? 게다가 실현 가능성이 매우 낮을 뿐만 아니라 경제적인 반대급부마저 전혀 없는 일이라면…….

많은 이들이 등을 돌린다. 그냥 등만 돌리는 게 아니라 뒤돌아서서 비아냥거리는 부류도 있다. 그런 모습에 남아 있는 사람들은 기운이 빠진다. 그러다 보니 일의 성취는 더욱 어려워진다. 결국 많은 사람들이 모여서 하는 일에 최선을 다하기란 더욱 어려운 게 현실이다. 내가 잠시 게으름을 피워도 누군가 옆에서 그 일을 대신해 줄 것이라는 의타심이 번지기 시작하면 결과는 확인할 필요조차 없다.

하지만 그러한 세간의 예상을 보란 듯이 깨뜨려 버린 예가 하나 있다. 2014년 3월 5일 통과된 버지니아 주 의회 동해 병기 법안이 바로 그것이다. 가능성이 0에 가깝다는 그 일을 버지니아 한인들이 해내고야 말았던 것이다.

처음에는 모두들 불가능할 것이라고 했다. 가능성이 없다고 생각하는 이유도 제각각이었고, 상대방의 고개를 끄덕이게 할 만큼 나름대로의 논리도 있었다. 그들의 주장은 애당초 되지도 않을 일에 매달려 힘을 빼느니, 현실적으로 한인 사회에 보탬이 되는 일을 하자는 것이었다.

"대한민국 국회에서 대다수의 대한민국 국민들이 바라는 민생법안을 통과시키는 것도 쉽지 않다는 거, 아시잖아요?"

"알지요."

"아시는 분이 왜 헛힘을 쓰는 거예요? 하물며 여기는 동해 반대쪽에 있는 미국의 버지니아에요. 우리 한인 인구가 채 2%도 넘지 않는."

"알고 있습니다."

"그런 버지니아 의회가 뭐 아쉬울 게 있다고 일본이랑 척을 지면서까지 바다 이름 바꾸는 법안을 통과시키겠어요?"

"……!"

논리적으로 반박할 여지가 크게 없는 이야기였다. 그런 얘기를 우리는 대부분 옳은 말이라고 한다. 상대편 말이 틀렸다는 것이 아니라 현재의 상황을 두루 살펴 정확하게 반영한 마땅한 의견이라는 말이다.

동해 병기 법안을 추진하기 시작했을 때 그러한 논리를 앞세워 반대하는 사람들은 물론 한국계 미국인, 즉 한인이었다. 우리 한인들을 제외한 모든 미국인은 동해를 동해라고 쓰든, 일본해라고 쓰든 눈곱만큼의 관심도 없었으니까…….

하지만 우리, 그러니까 동해 표기 추진위원회와 버지니아 한인회 회장단은 포기할 수 없었다. 이 일은 단순히 바다 이름 동해만을 찾기 위한 것이 아니었다. 한민족의 피를 이어받은 사람이라면 누구나 절절한 가슴으로 목청껏 외쳐 부르는 우리의 국가 '동해물과 백두산이~'

를 되찾는 일이기도 했기 때문이었다. 그래서 우리의 후손들이 또 그들의 후손들에게 애국가 첫머리가 '일본해와 백두산이 마르고 닳도록~' 하고 시작하는 게 옳지 않느냐는 황당한 질문을 받는 일이 없도록 하고 싶었다.

동해 병기 법안 추진은 우선 동해 병기 운동에 반대하는 일부 한인들에 대한 설득이 선행되어야 했다. 그래야만 모두의 마음이 하나로 모아질 수 있을 것이기 때문이었다. 하지만 그것은 결코 쉬운 일이 아니었다. 상대는 시도해 보지도 않고 가능성이 전혀 없다고 생각하는 사람들이었다. 그래서 도전 자체만으로도 의미 있는 일이 아니냐고 하면 '기왕에 시작하려면 동해 단독표기'가 옳다며 억지를 부렸다.

"절대로 불가능한 일이기는 하지만, 만에 하나 동해 병기 법안이 통과된다고 하더라도 엄청난 비판의 대상이 될 수 있어요. 단독표기가 아닌 일본해와 병기를 주장했다며 매국노 취급을 할 수도 있다는 말입니다. 그러니 기왕에 시작을 하려면 단독표기로 밀어붙이시든가요."

말 그대로 반대를 위한 반대였다. 앞뒤가 전혀 맞지 않는 논리로 상대방의 기운을 빼놓는 이가 한둘이 아니었다. 가슴 아픈 일이지만 어쩔 수 없었다. 그럴수록 차분하게 한 발, 한 발 다가서는 수밖에…….

그런 가운데 한편에서는 버지니아 주 의원들을 지속적으로 만나 설득작업을 펼쳤다. 그들은 투표권을 갖고 있는 우리를 가볍게 대할 수 없었다. 하지만 한국과 일본의 굴곡진 역사와 갈등에 대해서는 철저하게 중립 노선을 지켰다. 경제대국 일본의 영향력을 무시할 수 없을 뿐만 아니라 일본계 미국인 유권자 수가 훨씬 더 많기 때문이기도 했다. 그렇다고 해서 모든 버지니아 주 의원들에게 일본과의 지난한 한국 역사를 시시콜콜 강의할 수도 없는 노릇이었다.

그래서 우리는 보편타당함을 판단의 중요한 잣대로 여기는 그들과 정면 돌파를 하기로 결정했다. 그러면서도 인터뷰 시간을 최소화해 의원들이 불편함을 느끼지 않도록 최대한 주의를 기울였다. 우리가 말하고자 하는 요지는 간단했다.

한국은 35년 동안 일본의 식민 통치를 받았다. 그런데 미국을 비롯한 우방들의 도움을 받아 독립했다. 그 이후 우리는 빼앗겼던 많은 것을 되찾을 수 있었다. 하지만 아직까지 돌려받지 못한 몇 가지가 있다. 그 중 하나가 오랜 세월 '동해'라고 불렸던 바다 이름이다. 그 바다가 식민 통치와 함께 일본해로 탈바꿈해 버린 것이다. 동해는 단지 대한민국의 동쪽 바다만을 지칭하지 않는다. 아시아 대륙 동쪽에 있는 바다라는 말이기도 하다. 아이들한테 왜곡된 사실을 교육하는 건 옳지 않은 일이다. 우리는 당신이 오류를 바로잡는 일에 동참하리라 믿는다.

버지니아 주 의원들은 우리의 말을 경청해 주었다. 그리고 간단명료한 우리의 청원에 고개를 끄덕였다. 동해 병기 법안을 긍정적으로 검토하겠다는 의원들이 하나둘씩 생겨났다. 그중에는 세계지도 한 장을 사이에 두고 마주 앉은 지 불과 3분 만에 적극적인 지지 의사를 밝힌 호쾌한 의원도 있었다. 옳은 일을 하자는 데 주저할 이유가 없다고 했다. 그런 미팅을 마치고 나면 온몸에 힘이 넘쳤다.

하지만 주 의회 의원 몇 명이 동해 병기 법안을 지지한다고 해서 크게 달라질 것은 없었다. 법안 제출, 상 · 하원 소위원회 상정 및 통과, 그리고 상 · 하원 교차 심의 및 전체회의 통과까지 넘어야 할 산이 앞이 보이지 않을 만큼 남아 있기 때문이었다.

하지만 주 의회 의원들과의 면담을 통해 우리는 커다란 동력을 얻었다. 동해 병기 법안에 긍정적인 의사를 표명한 의원들이 하나둘씩 늘어나면서 일관되게 법안 추진을 반대했던 한인 사회에 변화의 조짐이 보이기 시작한 것이다. 처음에는 '절대' 안 될 것이라고 여겼다가, 시간이 지나면서 '설마?'로 바뀌었다. 그리고 주 의원들의 지지가 한 사람씩 더해지자 '어쩌면……!'이라는 여론이 확산되기에 이르렀다.

밥 맥도널드 전 버지니아 주지사와 함께

2012년 동해 병기 법안 통과를 위해 소위원회에 참가한 버지니아 한인회 임원들과 마스덴 주의원(사진 뒷줄), 그리고 마크김 한국계 주의원(사진 오른쪽 두번째)

　그렇게 4년이 흘렀다. 그 세월이 말처럼 쉽게 그냥 흘러간 것이 아니라 동해 병기 법안 통과를 위한 물밑 작업을 꾸준히 지속해 나갔다.

　2011년 2월에는 백악관에서 진행된 오바마 대통령의 6.25 참전용사 훈장 수여식에 참여해 감사의 마음을 전했고, 6월에는 버지니아 한인회가 주최한 한국전 참전용사 보은의 밤 행사를 열기도 했다.

　2012년 1월에는 데이브 마스덴(Dave Marsden) 주 상원의원과 동해 병기 표기 관련 기자회견을 하는 한편, 미주 한인의 날 기념행사에서 동해 병기 청원서 서명운동을 벌였다. 또한 베트남 상공회의소 초청 간담회에 참석해 아시안들의 연대 합의를 이끌어 냈다.

　그리고 2013년 3월에는 백악관 홈페이지 온라인 서명 기자회견과 백악관 홈페이지 청원서와 관련한 한인회의 공식입장을 밝혔다.

같은 해 7월에는 일본군위안부 결의안 미 하원 통과 6주년 기념행사를 통해 한인들의 단합된 힘을 다시 한 번 보여 주었으며, 8월 15일에는 오전 8시 15분에 동해 지키기 걷기 운동 8.15킬로미터 행사를 열어 주위의 주목을 받기도 했다.

　　동해 병기 법안이 버지니아 주 의회에 오르내렸던 4년 동안, 우리는 단 한순간도 긴장의 끈을 놓은 적이 없었다. 동해 병기 법안이 하원 교육위원회 표결을 앞두고 있을 때는 화장실까지 따라다니며 의원들을 근접 경호하는 웃지 못할 해프닝까지 벌였다.

　　동해 표기 추진위원회를 비롯한 버지니아 한인들은 그야말로 혼신의 힘을 다 바쳐 진인사(盡人事)했다. 그 결과, 우리는 모두가 불가능하다고 여겼던 한걸음을 당당하게 내디딜 수 있었다. 15만 한인들이 뭉쳐 800만 인구가 사는 버지니아 주의 교과서를 바꾸게 된 것이다.

　　진인사대천명(盡人事待天命)이라는 말은 우리에게 다가와 진인사득천명(盡人事得天命)이라는 커다란 선물을 안겨 주었다.

어떻게 하는 것이 최선을 다하는 것인가?

언젠가부터 '최선'이라는 말 뒤에 '공부'를 연결시키는 경우가 많아졌다. 그러다 보니 '최선'이라는 단어는 차츰 어른들 잔소리의 핵심어가 되고 말았다. 그 결과, 우리는 '최선'이라는 말과 그다지 친하지 않은 사이가 되었다.

하지만 우리는 살아가면서 반드시 해야만 하는 일들과 맞닥뜨리고는 한다. 내가 하지 않으면 안 되는 일이 자꾸만 내 앞에 나타나는 것이다.

피할 수 없으면 즐기라는 말이 있다. 하지만 아무나 즐길 수 없다. 뭔가를 즐긴다는 건 자신을 그 속에 완전히 내던진 이후에 느낄 수 있는 감정이기 때문이다.

한 뼘만 더 깊이 생각해 보자. 뭔가를 위해 애쓴다는 건 비어 있는 가슴을 채우는 일이다. 할 일을 앞에 두고 빈둥거리는 건 비어 가는 가슴을 방치하는 것이다. 어차피 피할 수 없는 일이라면 나 자신이 그 일에 짜증나지 않을 때까지만 빠져 보자. 집중해서……. 그렇게 되기까지의 과정이 곧 최선이다.

우리가
흥분하면
일본은 웃는다

 버지니아 주 의회에 동해 병기 법안이
상정되어 최종 결정을 위한 마지막 단계를 향하고 있을 즈음이었다.
단 한 명의 의원이라도 더 만나 설득하는 것이 그날 하루의 최종 목표
일 만큼 바쁜 와중에, 나는 전혀 예기치 않았던 전화 한 통을 받았다.

내게 전화를 걸어 온 사람은 일본의 요미우리 신문과 같은 계열의
언론사인 Nippon TV 다큐멘터리 프로그램 프로듀서였다. 그는 다짜
고짜 나를 만나고 싶다고 했다. 촌각을 다투는 바쁜 시간들의 연속이
었지만 나는 그와 만나기로 약속을 했다. 일본 방송사 관계자가 나를
무엇 때문에 만나려 하는지 그 이유가 궁금했던 것이다.

나와 그는 촘촘하게 연결되어 있는 내 스케줄을 피해 이튿날 오전

이른 시간에 버지니아 한인회 사무실 근방 커피숍에서 얼굴을 마주했다. 그는 인사를 마치자마자 동해 병기 법안과 관련된 이야기를 했다.

"홍 회장님께서 버지니아 주 의회에 동해 병기 법안 청원에서부터 마지막 표결을 앞둔 오늘에 이르기까지, 동해 병기와 관련된 모든 과정을 주도하신 것으로 알고 있습니다."

언론계에서 일하는 사람들은 국적에 상관없이 그런 성향을 갖게 되는 모양이었다. 아무런 전제도 없이 불쑥 본론을 꺼내 든 대화 방식이 더도 덜도 아닌 언론인이라는 생각이 들었다.

"천만의 말씀입니다. 동해 병기 문제는 버지니아 주 의회를 움직여 법안을 고치는 일입니다. 그 엄청난 일을 어떻게 혼자 힘으로 해낼 수 있겠습니까? 버지니아에 살고 있는 우리 한인들 모두의 마음이 하나로 모아진 덕분이지요."

"네, 그렇군요. 실례가 되는 말씀인지 모르겠습니다만, 저희 Nippon TV에서는 오래전부터 홍 회장님을 비롯한 한국계 미국인들의 활동 상황을 예의 주시하고 있었습니다."

"2007년 미 하원에서 만장일치로 통과되었던 일본군 위안부 사죄 결의안이 채택될 때부터 말입니까?"

"예. 그런데 일본군 위안부 관련해서는 그 이전에 일본 정부에서 공식적인 사과가 있었던 것으로 알고 있는데……."

"맞습니다. 지극히 형식적인, 그래서 하지 않은 것만 못한 사과를 일본 정부가 하기는 했었지요."

"하지 않은 것만 못하다는 건 무슨 말씀이신지요?"

"어떤 잘못에 대한 사과는 모름지기 진정성을 담고 있어야 합니다. 어떤 피해자도 '그래, 내가 잘못했다. 됐냐? 이제 됐냐고?' 하는 식의 사과를 받고 싶지는 않겠지요."

"아, 일본 정부의 사과가 그런 뉘앙스를 풍겼던 모양이군요."

"피해자는 용서할 준비가 되어 있는데, 가해자가 가슴속 깊은 곳에서부터 우러나온 참된 사과를 하지 않으니……."

"무슨 말씀인지 이해했습니다. 사과를 하는 쪽과 그것을 받아들이는 쪽의 입장이 서로 다르니까요. 어쨌든 저희 Nippon TV에서는 홍 회장님과 버지니아 한인회의 활동에 무척 매료되어 있습니다."

"아, 그래요?"

대답은 덤덤하게 했지만 나는 속으로 화들짝 놀랐다. 그때까지 일본 언론의 특별한 움직임을 감지한 적이 단 한 번도 없었기 때문이었다.

"그렇다고 해서 몰래 취재를 하거나 촬영을 했다는 얘기는 아닙니다. 다만 여러분들의 활동을 주의 깊게 지켜보고 있었다는 말씀입니다. 어쨌든 불쾌하셨다면 용서하십시오."

"괜찮습니다. 동해 병기는 일본과 직접적으로 관련된 사안이니만큼 충분히 그럴 수 있다는 생각이 드네요."

접대성 발언이 아니었다. 만약 입장이 바뀐 상황이라면 나 역시 그들의 움직임에 신경을 곤두세웠을 것이 분명했기 때문이었다.

"이해해 주시니 감사합니다."

"설마 일본의 대형 언론사인 Nippon TV가 우리 한인들 개개인의 프라이버시를 침해하려 들기야 하겠습니까? 그것도 미국의 심장부라 할 수 있는 이곳 버지니아에서 말입니다."

"그럼요! 당연한 말씀입니다. 그래서 드리는 말씀인데, 동해 병기 법안과 관련해서 홍 회장님의 활동 상황을 주제로 한 다큐멘터리를 만들고 싶습니다."

"예?"

나는 다시 한 번 놀라지 않을 수 없었다. 뿐만 아니라 혼란스럽기까지 했다. 그런 내 속내와는 상관없이 그는 이야기를 계속했다.

"저희는 15분 정도 분량의 다큐멘터리를 계획하고 있습니다. 그런데 무엇보다 우선되는 것이 홍 회장님의 허락 여부이기 때문에 이렇게 찾아와 부탁을 드리는 것입니다."

취재 허락 여부 이전에 그의 의도가 궁금했다. 그래서 물었다.

"일본의 Nippon TV가 왜 동해 병기와 관련된 업무를 추진하는 한인들을 대상으로 다큐멘터리를 제작한다는 건지 이해가 되지 않네요. 일본 입장에서 보면 반대편에 서 있는 사람들의 이야기가 아닙니까?"

"그렇습니다. 우리 일본 정부나 Nippon TV는 당연히 일본해 단일 표기가 옳다고 여기고 있습니다. 하지만 이번 다큐멘터리는 동해 병기의 옳고 그름을 따지자는 데 목적을 두고 있지 않습니다."

"그렇다면 무엇 때문에……."

"홍 회장님을 비롯한 버지니아의 한국계 미국인들이 지금까지 해온 풀뿌리 민주주의의 실천과 민간외교를 위한 끊임없는 노력을 조명해 본받자는 것입니다. 따라서 카메라 앵글은 지극히 객관적인 입장을 보일 것이고, 중간에 삽입되는 해설 또한 부정적인 내용은 전혀 없을 것입니다."

그러니까 정부와 정부 사이의 공식외교가 아닌, 버지니아 한인들이 민간 차원에서 추진하고 있는 민간공공외교에 대한 취재가 Nippon TV의 목적이었다.

사회가 다양해지면서 학문이나 예술, 그리고 스포츠 등의 교류를 통해 급기야는 정치나 경제에 관련된 부분까지 영역이 확대되고 있는 민간공공외교의 본보기를 Nippon TV는 버지니아 한인회의 활동에서 찾았다는 것이었다.

그의 자세한 설명을 듣고 나서야 나는 고개가 끄덕여졌다.

Nippon TV는 한국이 아닌 일본 방송사였다. 맞은편에 앉아 있는 이 또한 외모는 비슷하지만 한국인이 아닌 일본인이었다. 내가 알고 있는 일본, 그리고 일본인이라면 충분히 그럴 수 있다는 생각이 들었던 것이다.

"무슨 말씀인지 이해는 됩니다만……."

"부디 허락해 주시기 바랍니다."

나는 잠시 생각에 잠겼다.

객관적인 시각으로 바라본 버지니아 한인들의 활동이 Nippon TV

네트워크를 통해 일본 전역으로 방송된다면 어떤 측면에서든 해로울 것이 없다는 생각이 들었다. 나아가 다큐멘터리 방영과 함께 일본 내부에서 동해 병기에 대한 논란이 조금이라도 생긴다면, 그 또한 우리한테는 간접적이나마 보탬이 되는 일일 터였다. 거기까지 생각한 나는 다큐멘터리 촬영을 허락했다.

그날 이후, Nippon TV 카메라는 몇 날 며칠 동안 내 뒤를 따라다녔고, 급기야는 버지니아 주 하원 교차심의에서 동해 병기 법안이 최종 통과되는 순간까지 앵글에 담게 되었다. 그렇게 촬영은 끝났다.

그리고 며칠 후, 나는 방송용으로 편집된 필름을 받아 볼 수 있었다. 영상을 확인해 본 결과, 다큐멘터리는 그의 말처럼 지극히 객관적인 시각으로 며칠 동안의 내 일상을 뒤쫓고 있었다.

하지만 나는 그 영상을 보면서 간담이 서늘해지는 느낌을 지울 수 없었다. 익히 알고 있는 사실이었지만 전형적인 일본인들의 사고방식이 우리의 그것과는 너무나 다르기 때문이었다. 나아가 자신들의 국익에 반하는 일을 추진하고 있지만, 그 속에서 본받을 점을 끄집어 내 자국의 국민들에게 알리겠다는 그 프로듀서의 냉정함이 한편으로는 부러우면서도 또 한편으로는 무섭기까지 했던 것이다.

그리고 독도가 떠올랐다. 일본은 기회만 있으면 독도가 자기네 땅이라는 주장을 하고 있다. 그럴 때마다 우리 모두는 누가 먼저랄 것도 없이 발끈한다. 마치 벌집을 쑤셔 놓은 것처럼 흥분해서는 금방이라도 일본으로 쳐들어갈 것처럼 야단을 떤다.

그런데 찬찬히 살펴보면 참으로 황당하다. 독도 관련 망언을 일삼는 사람들은 거의 정해져 있다. 대부분이 일본의 시마네 현 의원들이다. 결국 일본의 시골구석에 있는 작은 마을 의원이 던진 말 한마디에 대한민국 국민 전체가 길길이 날뛰고는 했던 셈이다.

일본의 노림수도 거기에 있다. 외교권이 없는 시골 의원이 망언을 할 때마다 우리 정부가 일일이 나설 수는 없는 일이다. 하지만 국민들은 분노한다. 일본은 우리의 그런 반응을 노리고 있는 것이다.

이제 우리 모두는 Nippon TV 다큐멘터리 프로듀서처럼 냉정해질 필요가 있다. 아니, 그보다 훨씬 더 냉정해져야만 한다. 우리가 흥분하면 일본은 웃는다.

누구에게 무엇을 배울 것인가?

《논어》 술이 편에 '삼인행 필유아사(三人行 必有我師)'라는 구절이 있다. 세 사람이 길을 가면 반드시 내 스승이 있다는 뜻이다. 여기에서 말하는 스승이란 지식이나 학문을 지도해 주는 선생이 아니다. 말이나 행동, 또는 세상을 바라보는 시각에 이르기까지, 내가 배울 점은 누구에게나 있다는 말이다. '남의 흉보고 내 흉 고친다.'는 우리 속담 역시 비슷한 의미를 담고 있다.

모든 배움이 다 마찬가지겠지만, 이와 같이 일상을 통한 배움은 평정심이 유지되고 있을 때 가능한 일이다. 감정이 격앙되어 있거나 흥분한 상태에서는 타인의 장단점을 파악할 수 없기 때문이다.

한 뼘만 더 깊이 생각한 뒤 자신의 감정을 다스려 보자. 그렇게 얼마간의 시간이 지나고 나면 나 자신이 얼마나 달라졌는지 금세 깨달을 수 있을 것이다.

동해 병기 법안,
시작부터 통과까지

2014년 3월 5일. 버지니아 주 하원 전체회의에서 동해 병기 법안이 통과되었다. 같은 달 28일에는 테리 매컬리프(Terry McAuliffe) 버지니아 주지사가 법안에 서명을 했고, 2014년 7월 1일부터 동해 병기 법안이 공식 발효되었다.

버지니아 주 의회가 동해 병기 법안을 통과시키자, 우리나라 여러 언론의 특파원들이 경쟁하듯 버지니아로 몰려왔다. 역대 정부가 손도 대지 못했던 일을 버지니아 한인들이 해내고야 말았다며 칭찬 일색의 취재와 보도에 열을 올렸다. 또한 그 뉴스를 접한 우리 국민들은 마치 월드컵 축구 한일전에서 우리 대표팀이 일본에 5:0으로 완승을 거둔 것처럼 흥분했다. 나아가 당장 전 세계 모든 나라의 지도에 동해가 표기되기라도 하는 것처럼 기뻐했다.

물론 버지니아 주 동해 병기 법안 통과는 우리 모두가 마음껏 축하하고, 축하받아 마땅한 일이다. 게다가 아름다운 우리 바다 동해의 역사에 긍정적인 전환점이 될 쾌거인 것 또한 분명하다.

하지만 그 이전에 우리가 간과해서는 안 될 몇 가지 사항이 있다. 그 첫째는, '동해 병기'는 버지니아 동해 병기 법안 통과와 함께 완성된 것이 아니라 새로운 시작점에 섰다는 사실을 인지하는 일이다. 버지니아 주는 미국 50개 주 중 하나일 뿐이다. 다시 말해 버지니아를 제외한 미국의 49개 주는 물론, 국제수로기구(IHO, International Hydrographic Organization) 회원국을 포함한 대부분의 국가에서는 여전히 동해가 아닌 'Sea of Japan'으로 표기하고 있음을 잊어서는 안 된다.

둘째는 '동해 병기'를 한일 문제로 접근하면 안 된다는 점이다. 일본은 세계적인 경제대국이다. 또한 섬나라의 특성상 국제수로기구에서의 영향력이 매우 크다. 게다가 인구마저 남북한을 합한 수의 두 배에 육박하고 있다. 대한민국 국민이라면 모두들 인정하고 싶지 않겠지만 그것은 어쩔 수 없는 현실이다.

버지니아 주 동해 병기 법안 추진은 철저하게 풀뿌리 민주주의를 기반으로 했다. 한국과 일본의 문제가 아니라, 미국에 살고 있는 한국계 미국인 유권자가 '인류가 구현하고자 하는 정의와 진실'을 바탕으로 의원들을 설득했고, 그 마음이 통해 원하는 결과를 이룰 수 있었다.

만약 버지니아 한인회가 동해 병기 법안 추진을 한국과 일본의 문제로 접근했더라면 본회의는 물론 소위원회 상정조차 하지 못했을 것이다. 또한 일본의 조직적인 방해공작으로 버지니아 한인회는 오히려설 자리마저 잃어버렸을 가능성이 매우 높다. 버지니아 주의 경제 영역 역시 일본계 미국인들의 영향력이 엄청나기 때문이다.

셋째는 동해 병기 법안 통과가 한두 사람의 아이디어와 노력으로 며칠 만에 뚝딱 이루어진 것이 아니라는 사실이다. 법안 통과 이후 여러사람들이 언론에 나가 마치 자신을 비롯한 몇몇 유력 인사들의 업적인양 목소리를 높이고는 했다. 하지만 그 일은 결코 몇 명이 책상머리에앉아 아이디어를 모아 성취할 수 있을 만큼 간단한 일이 아니라는 사실을 직시해야 한다.

15만여 명에 이르는 버지니아 한인 유권자들의 적극적인 협조, 그리고 자신의 귀한 시간과 비용을 감당하면서까지 기꺼이 자원봉사를 한여러 재미 동포들의 헌신이 없었더라면 절대로 불가능한 일이었다.

이 지점에서 버지니아 한인회가 왜 주 의회를 상대로 동해 병기를운동을 시작하게 되었는지 먼저 살필 필요가 있다. 모든 이야기의 출발점이 바로 거기에 있기 때문이다.

버지니아 한인회는 미국의 수도이자 세계 외교의 중심지인 워싱턴을 보듬고 있는 까닭에 2007년 7월 말에 미 연방 하원이 '일본군 위안부 사죄 결의안'을 만장일치로 통과시킨 당시의 경험으로 상당한 노하우를 축적하게 되었다.

그날의 쾌거 이후 버지니아 한인회는 곧바로 두 번째 사업에 착수했다. 때마침 일본이 한반도를 침략한 지 420년이 지나 다시 돌아올 2012 임진년을 몇 해 앞두고 있었으므로, 그와 같은 역사적 사실을 상기시킴으로써 우리 한인들의 마음을 또 다시 한데 모을 수 있었다.

그런데 세계 각국의 지도에 동해를 병기하려면 지구상의 모든 바다 이름에 대한 결정권을 갖고 있는 국제수로기구의 의결을 거쳐야 한다. 따라서 동해 병기 실현은 국제수로기구에서 절대적인 영향력을 가진 미국 연방정부를 설득하는 일이 선행되어야 했다.

우리는 국제수로기구와 미국 연방정부의 기본 방침을 확인했다. 국제수로기구는 단독표기를 원칙으로 하지만, 나라 간에 분쟁이 있을 경우 병기하는 것을 허용하겠다는 입장이었다. 그와는 달리 미국 연방정부는 무조건 단독표기를 고수했다. 만약 분쟁이 있을 경우 미국은 개입하지 않을 테니 그 바다를 끼고 있는 나라끼리 알아서 결정하되 방법은 단독표기라는 것이었다.

버지니아 한인회는 낙담하지 않을 수 없었다. 우리의 반대편에 있는 상대는 해상강국에 경제대국 일본이었다. 게다가 냉정하게 말하자면 그다지 영향력이 크지 않은 소수민족, 그것도 50개 주 중 하나에 불과한 버지니아 한인회가 미국 연방정부의 기본 방침을 바꾸기란 절대 불가능한 일이기 때문이었다.

그렇다고 해서 우리 바다 이름 찾는 일을 포기할 수는 없었다. 그래서 선택한 것이 우리가 살고 있는, 더불어 워싱턴을 안고 있어 상징적인 의미가 있는 버지니아 주였다. 버지니아 주에서 동해를 병기하게 된다면 나머지 49개 주의 시선도 달라질 터였다.

목표가 결정되면서 전략회의가 시작되었다. 우리는 이미 2007년 '일본군 위안부 사죄 결의안'을 통과시킨 경험을 통해 무엇이 의원들을, 나아가 주 의회를 움직일 수 있는지 알고 있었다. 10만 장을 훌쩍 넘긴 서명이나 다수가 운집한 집회는 상당한 압박 수단임에 분명했다. 하지만 그런 방법으로 각각의 의원들을 움직일 수는 없다. 어느 지역의 유권자인지 확인할 수가 없기 때문이다.

또한 그와 같은 방법은 인구가 많은 데다 경제적 여유까지 있는 일본이 훨씬 더 유리하다. 마음만 먹으면 우리보다 서너 곱절은 더 큰 규모로 세력을 과시할 수가 있는 것이다. 게다가 버지니아에 진출해 있는 일본의 유수한 여러 기업들이 협찬을 하면 게임은 바로 끝이다. 그래서 최후의 순간에 각개격파를 하기로 결정했다.

15만 버니지아 한인들이 한마음이 되어 제각각 자신이 살고 있는 지역 출신 의원실에 전화를 걸어 '나는 당신 지역구 유권자 ○○○다. 이번 회기에 '동해 병기 법안'이 상정될 텐데, 나는 당신이 그 법안에 찬성해 주기를 희망한다.'는 메시지를 전달하기로 한 것이었다. 의원들이 가장 무서워하는 사람은 자신의 지역구 시민이다. 자칫 잘못하면 다음 선거에서 낙선할 수도 있다. 그러니 의원들은 유권자들의 말에 귀를 기울일 수밖에 없다.

물론 그 과정에서 수많은 우여곡절이 있었다. 주 의회 상임위원회에 출석한 버지니아 주 교육부 장관은 '250년 버지니아 주 역사상 의회의 결정으로 교과서가 수정된 적이 없다.'면서 부정적인 의견을 피력했고, 법안이 상정되기 이전부터 반대에 나선 의원들도 많았다. 법안 상정 자체를 반대하는 의원들은 한결같이 '주 의회는 외교권이 없으므로 지구 건너편에 있는 바다 이름에 왈가왈부할 수 없다.'는 것이었다. 나아가 제3국끼리의 이해관계가 얽힌 사안을 버지니아 주 의회에서 통과시키면 또 다른 수많은 나라들 역시 그와 같은 문제를 들고 와 이런저런 요구를 할 것이라고 했다.

하지만 우리는 동해 병기를 외교 문제가 아닌 교육 문제로 접근했다. 적어도 '버지니아 주에서 태어나고 자라는 아이들만이라도 왜곡된 역사가 반영된 내용이 아닌, 올바른 내용이 담긴 교과서로 학습하는 것이 바람직하다.'고 반박한 것이다. 나아가 '혹시 번거로워질지도 모른다는 우려 때문에 판도라의 상자를 끝내 열지 않는다면, 우리의 아이들은 결국 거짓된 역사를 배울 수밖에 없다. 버지니아 주 의원이기 이전에 한 아이의 부모로서, 그와 같은 일이 과연 바람직하다고 생각하는가?'라는 질문에는 모두들 묵묵부답이었다.

여하튼 우리는 수많은 난관을 겪었다. 하지만 진실의 문은 결국 열렸다.

버지니아 주 의회에서 동해 병기 법안이 통과되기까지 어떤 과정을 겪었는지를 살펴보면, 위에서 언급한 몇몇 사항들을 명료하게 확인할 수 있다. 다음은 버지니아 주 동해 병기 법안 주요 일지를 정리한 것이다.

- 2011년 11월 4일

뉴욕 한인회관에서 미주 한인 회장단 회동, '동해명칭병기청원운동' 공동 진행 합의

미국 7개주 한인회 회장(뉴욕 한창연, 뉴저지 이현택, 로스앤젤레스 스칼렛 임, 시카고 김종갑, 버지니아 홍일송, 뉴잉글랜드 유한선, 타코마 마혜화)이 참석한 회의에서 미국 각 주 한인회가 '동해명칭병기청원운동'을 공동으로 진행하기로 합의했다. 나아가 2012년 국제수로기구(IHO) 총회에서 동해 병기 문제가 공론화될 수 있도록 미국 각 주 한인회는 서로 긴밀한 협조를 해 나가기로 약속했다.

- 2012년 1월 11일

버지니아 주 데이브 마스덴 상원의원, 동해 병기 법안(SB200) 주 의회 제출

버지니아 한인회는 오래전부터 한인들과 긴밀한 관계를 유지해 왔던 민주당 소속 데이브 마스덴 버지니아 주 상원의원의 적극적인 협조를 이끌어 내는 데 성공했다. 그 결과, 버지니아 주 내에 있는 공립학교에 공급되는 모든 교과서에 일본해와 동해를 병기하는 법안이 버지니아 주 상원 교육보건위원회에 접수되었다.

2012년 1월, 버지니아 주 상원 공립학교 소위원회에서 고지도를 보이며 동해 병기 법안의 당위성에 대해 설명했다.

- 2012년 1월 16일

버지니아 주 상원 공립학교 소위원회, 동해 병기 법안 통과

데이브 마스덴 주 상원의원이 제출한 동해 병기 법안이 주 상원 공립학교 소위원회에 상정되어 만장일치로 통과되는 쾌거를 이루었다.

- 2012년 3월 22일

버지니아 주 상원 교육보건위원회, 동해 병기 법안 부결

주 상원 공립학교 소위원회에서 만장일치로 통과된 동해 병기 법안이 교육보건위원회에 상정되었다. 하지만 교육보건위원회는 안타깝게도 찬성 7표, 반대 8표로 부결시키고 말았다.

- 2012년 3월 22일

버지니아 한인회, 동해 병기 청원운동을 시작

동해 병기 법안이 주 상원 교육보건위원회에서 부결되자, 버지니아 한인회는 곧바로 백악관 홈페이지 '동해 표기 바로잡기' 청원서 제출 청원운동을 시작했다. 최종 서명자는 102,043명에 이르렀다.

- 2012년 4월 27일

미주 동해 표기 추진위원회 창립

- 2012년 6월 29일

미국 국무부, 일본해 표기 방침에 변화가 없음을 확인

미국 국무부는 10만 명이 넘는 백악관 홈페이지 온라인 서명에도 불구하고 일본해 표기 방침을 바꿀 의사가 없음을 확인해 주었다. 동해 병기는 그 바다를 접하고 있는 한국과 일본이 결정할 문제인 만큼 미국 정부가 공식적으로 간여할 사안이 아니라는 설명이 덧붙었다.

- 2012년 7월 9일

버지니아 한인회, 미국 국무부 답변에 대한 유감 표명 기자회견

- 2013년 5월 1일

데이브 마스덴 주 상원의원, 동해 병기 법안 재추진 계획을 발표

데이브 마스덴 주 상원의원과 동해 병기 법안 통과를 놓고 여러 차례 논의했다.

민주당 소속 데이브 마스덴 주 상원의원은 '현재 표기되고 있는 일본해를 동해와 병기하는 것은, 오랜 세월 동안 사용되었던 바다의 본래 이름을 찾아 주는 일'이라면서 공립학교 교과서에 동해를 병기하는 법안을 다시 추진하겠다고 천명했다.

- 2013년 12월 14일

버지니아 한인회, '버지니아 주 동해 표기 추진위원회' 결성

버지니아 한인회는 각 지역구에 따라 유권자들이 직접 의원들을 설득하는 것이 바람직하다고 판단해 '동해 표기 추진위원회'를 결성했다. 첫 회의에서 위원장 홍일송, 간사 이효열, 그리고 각 협회 회장이 위원으로 선임되었고, 뒤이어 구체적인 실천방안을 협의했다.

- 2013년 12월 19일

버지니아 한인회, 풀뿌리 정치참여운동 설명회를 개최

버지니아 한인회는 '내일을 여는 시민강좌'를 통해 동해 병기 법안 통과를 위한 '풀뿌리 정치참여운동' 설명회를 가졌다. 이 행사를 통해 보다 더 많은 한인들이 동해 병기의 중요성을 인식하게 되었고, 한층 더

적극적으로 참여하는 동포들이 늘어나게 되었다.

- 2014년 1월 13일

버지니아 상원 교육보건 소위원회, 동해 병기 법안 통과

데이브 마스덴 주 상원의원이 다시 제출한 동해 병기 법안이 버지니아 상원 교육보건 소위원회에서 6명 전원 찬성표를 얻어 만장일치로 통과되었다.

- 2014년 1월 16일

버지니아 상원 교육보건위원회, 동해 병기 법안 통과

버지니아 상원 교육보건위원회에서 동해 병기 법안을 표결에 붙였다. 결과는 찬성 9 : 반대 4로 가결되었다.

- 2014년 1월 19일

버지니아 한인회 회장단, 1차 전략회의

버지니아 한인회는 상대적으로 보수 성향이 강해 동해 병기 법안에 반대 의사를 표명하고 있는 남부 지역 의원들을 설득하기 위한 방안을 논의했다. 나아가 동해 병기 법안 통과의 열쇠를 쥐고 있는 그들을 공략하기 위해 각 지역구 한인 유권자들은 면담, 전화, 이메일 등 운용 가능한 모든 방법을 동원하기로 결의했다.

- 2014년 1월 20일

버지니아 한인회, 남부 지역 의원들 집중 공략

남부 버지니아에 사는 한인들이 그 지역 상원의원 9명 모두의 사무실에 전화와 SNS, 그리고 이메일 등을 통해 동해 병기가 왜 필요한지를 설명하면서 법안에 찬성해 줄 것을 요청했다. 법안이 통과된 이후 해당지역 의원은 물론, 민원을 직접 접수한 보좌관들은 하나같이 그 당시 우리 한인들의 결속력에 크게 놀라지 않을 수 없었다며 혀를 내둘렀다.

- 2014년 1월 22일

남버지니아 한인회, 남부 버지니아 출신 의원에게 청원서 전달

김상균 리치몬드 한인회장 등이 동해 병기에 반대하는 버지니아 남부 지역 출신 쟌 밀러, 애미 락, 루카스 의원 등을 면담하고, 동해 병기 법안 청원서를 전달했다.

- 2014년 1월 23일

버지니아 주 상원 본회의, 동해 병기 법안 통과

버지니아 주 상원 본회의에 상정된 동해 병기 법안이 찬성 31표, 반대 4표, 기권 3표로 통과되었다. 표결 당시 100여 명의 한인들이 본회의 장에 들어가 참관했고, 입장하지 못한 50여 명은 모니터로 표결 결과를 지켜보며 가슴을 졸였다.

- 2014년 1월 26일

버지니아 남부 지역, 동해 병기 청원서 서명운동 지속

교회를 중심으로 이루어진 청원서 서명운동에 햄톤로드에서는 1,200
여 명, 리치몬드에서는 300여 명이 서명을 했다.

- 2014년 1월 27일

버지니아 한인회 회장단, 2차 전략회의

홍일송, 변길웅, 김상균, 이수갑, 이효열, 이기녀, 장재준 등 15명이
참여한 회의에서 '선택과 집중' 전략이 채택되었다. 동해 병기 법안에
반대하고 있는 의원과 보좌관들을 직접 만나 집중적으로 설득하기로
한 것이다. 나아가 각 지역 모든 동포들에게는 지역구 해당 의원에게
전화 및 이메일을 보내 협조 당부를 요청하기로 했다.

- 2014년 1월 28일

버지니아 주 하원 초중등 소위원회, 표결 유예 결정

버지니아 주 하원 교육위원회 초중등 소위원회에 상정된 동해 병기 법
안이 찬성 4표 : 반대 4표로 유예가 결정되었다. 이에 한인회에서는
주 하원 교육위원회 표결에 대비했다. 이효열, 이기녀, 앤지박 등은
헤스터 의원을 만나 마음을 돌리는 데 성공했다. 또한 중도파였던 페
기 의원 역시 찬성을 약속했다. 한편 김상균, 김은호, 정구철 역시 동
해 병기 반대파였던 파렐 의원과 모리세 의원을 면담한 결과, 찬성표

를 던지기로 약속을 받았다.

- 2014년 1월 29일

동해 병기 법안, 주 하원 초중등 소위원회 통과

동해 표기 추진위원회에서는 하루 전 표결에 참석하지 않았던 의원을 근접 경호했다. 휴게실과 식당은 물론, 화장실까지 쫓아다니는 근접 경호를 통해 표결에 불참할 가능성을 완벽하게 봉쇄한 결과, 찬성 5표 : 반대 4표로 가결되었다.

- 2014년 2월 3일

동해 병기 법안, 주 하원 교육상임위원회 통과

동해 병기 법안이 버지니아 주 하원 교육상임위원회에 상정되어 찬성 18표 : 반대 3표를 얻어 가결되었다.

- 2014년 2월 6일

동해 병기 법안, 주 하원 전체회의 통과

주 하원 전체회의에 상정된 동해 병기 법안이 찬성 81표 : 반대 15표를 얻어 가결되었다.

- 2014년 2월 7일

'동해 병기 범동포 추진위원회' 결성

- 2014년 3월 5일

동해 병기 법안, 주 하원 전체회의 하원 교차심의 통과

동해 병기 법안이 주 하원 전체회의 하원 교차심의에 상정되었다. 헤아릴 수 없을 만큼 많은 곡절을 거쳤던 동해 병기 법안이 마지막 관문 앞에 서게 된 것이다.

결과는 찬성 82표 : 반대 16표로 가결이었다. 버지니아에 살고 있는 모든 동포들이 3년여 동안 기울였던 노력이 드디어 결실을 맺은 것이다. 앉지도 못한 채 방청석에 서서 표결 결과를 기다리고 있던 우리는 한동안 벌어진 입을 다물지 못했다. 박수를 치고 눈물을 흘리며 서로를 껴안은 것은 한참 뒤의 일이었다. 너 나 할 것 없이 평생을 살아오면서 몇 차례 경험하지 못한 기쁨과 행복, 그리고 감동을 맛보았던 최고의 순간이었다.

- 2014년 3월 28일

테리 매컬리프 버지니아 주 지사, 동해 병기 법안 서명

- 2014년 7월 1일

동해 병기 법안, 공식 발효

버지니아 주의 공립학교에 공급되는 모든 교과서에 동해를 병기하는 법안이 공식적으로 발효되었다.

한편 2014년 1월 하순, 워싱턴 포스트를 비롯한 미국의 영향력 있는 언론들이 사사에 겐이치로 주미 일본대사가 테리 매컬리프 버지니아 주지사에게 보낸 협박편지 내용을 폭로했다. 그 내용은 다음과 같다.

'일본은 버지니아 주에 지난 5년간 10억 달러를 투자했다. 또한 250개 기업이 1만 3천 개의 일자리를 창출하고 있다. 만약 동해 병기 법안이 버지니아 주 의회를 통과하면 일본의 투자는 더 이상 없을 것이다.'

언론들은 또한 미국 법무부의 FARA(외국로비공개법) 자료를 통해 공개 입수한 주미 일본대사관과 워싱턴 대형 로펌인 맥과이어우즈 컨설팅 사이에 체결된 용역계약서 문건 역시 공개했다. 계약은 2013년 12월 19일, 주미 일본대사관의 미즈코시 히데아키 공사와 맥과이어우즈 부사장의 서명으로 이루어졌다. 주미 일본대사관이 맥과이어우즈에 7만 5천 달러를 지불하고, 맥과이어우즈는 부사장급 4명을 포함한 6명의 로비스트를 투입해 버지니아 주 의회가 동해 병기 법안을 부결시키도록 지원 세력을 포섭하는 한편, 주 의회와 주 정부를 상대로 입법 저지 로비 활동을 펴겠다는 내용이었다.

주미 일본대사관의 이와 같은 노력에도 불구하고 동해 병기 법안은 버지니아 주 의회를 통과했고, 주지사는 서명을 했으며, 공식적으로 발효되었다. 버지니아 주 의회는 경제적 득실보다는 진실과 정의를, 로비스트의 압력보다는 유권자들의 희망을 선택했던 것이다.

결과보다 과정이 더 아름다웠던
동해 병기 법안 통과!

미국, 특히 버지니아 주에 살고 있는 우리 한인들 입장에서, 주 의회의 동해 병기 법안 통과는 두말할 나위 없는 쾌거였다. 그래서 발표 순간에는 누가 먼저랄 것도 없이 뜨거운 눈물을 흘리며 서로를 끌어안았고, 의사당 건물을 빠져나온 뒤에는 모두들 텁텁한 막걸리 잔을 하늘 높이 들어올려 "지화자!" 를 외치며 마음껏 행복해할 수 있었다.

만약 그 쾌거가 몇몇 사람들만의 노력으로, 며칠 만에 불쑥 이루어진 일이었더라면 그토록 큰 감격이 뒤따르지 않았을 것이다. 동해 병기 법안 통과는 15만 버지니아 한인 유권자 모두에게 '남의 일'이 아닌 '내 일'이었다. 그래서 법안 통과를 위해 소요되는 시간과 비용을 아까워하지 않았다. 나아가 무엇보다 중요한 사실은 법안 통과를 준비하는 과정에서 모두의 마음이 하나로 모아졌다는 사실이었다.

그 누구도 법안 통과를 위해 시간을 내달라고 강제하지 않았다. 어떤 사람도 법안 통과를 위한 기금을 보태 달라고 강요하지 않았다. 하지만 15만 버지니아 한인들은 '십시일반'의 힘을 알고 있었다. 내 입으로 들어갈 밥 한 숟가락을 양보하는 아름다운 마음 씀씀이가 동해 병기 법안 통과라는 엄청난 결과를 가져오게 했다.

CHAPTER 02

일본,
그리고
치유해야 할
우리의 상처

세상에서
가장 슬픈 이름,
일본군 위안부

 1987년 어느 늦은 봄날, 일본의 도쿄
에서 한 통의 전화가 걸려 왔다. 자신을 재일 거류민단 대외협력국장
이라고 밝힌 수화기 속 주인공은 다짜고짜 질문 공세부터 퍼붓기 시
작했다.

"홍일송 회장님, 맞습니까?"

"예, 그렇습니다."

그 당시 나는 재미 민주인권협의회 회장을 맡고 있었다.

"회장님 사무실이 미국에 있는 일본대사관저하고 가까운 곳에 있다
고 하던데, 그렇습니까?"

"네. 걸어서 오갈 수 있는 거리니까요."

"그러면 미국 국회의사당하고도 가깝습니까?"

나는 기분이 상했다. 아무런 영문도 모른 채 경찰서에 잡혀가 취조를 당하고 있는 것만 같은 느낌이 들었기 때문이었다.

"제가 대답을 하기에 앞서, 무엇 때문에 전화를 하셨는지부터 말씀하시는 것이 순서일 듯싶은데요."

"아이쿠! 이거, 대단히 죄송합니다. 마음이 워낙 급하다 보니 본의 아니게 실례를 범했습니다. 용서해 주십시오."

목소리로 짐작컨대 최소한 한 세대 이상 차이가 나고도 남을 만큼 연세 지긋한 어른의 명료하면서도 즉각적인 사과에 나는 도리어 당황하지 않을 수 없었다.

"제 말씀은 그런 뜻이 아니라……."

"어쨌든 제가 잘못했습니다. 정중하게 사과드리겠습니다."

언짢았던 기분 대신 죄송스러운 마음이 들었다. 기분이 조금 상하기는 했지만 사과를 받고 싶었던 것은 아니었다. 솔직히 말하자면 어르신과의 통화가 편치 않아 '용건만 간단히'를 요구하고 싶었는지도 몰랐다.

"괜찮습니다. 그보다 무엇 때문에……?"

"아, 예. 사실은 일본 정부가 얼마 전부터 추진하고 있는 '한인 지문 채취법' 반대운동에 힘을 보태 달라는 부탁을 드리고 싶어서 연락을 드렸습니다. 주미 일본대사관과 미국 국회의사당 앞에서 미국에 살고 있는 우리 동포들이 항의집회를 하게 된다면 전 세계 인권 단체들의 이목을 끌 수 있지 않을까 하는……."

"한인 지문채취법이라니요?"

"그러니까 일본 정부가 우리 재일 동포들을 대상으로 지문을……."

애써 평정심을 되찾은 듯한 그분의 절실함 가득한 설명이 이어졌다. 나는 곧 워싱턴 지역 단체장들에게 통화 내용을 전달했고, 우리는 미주 동포 지도자들과 함께 주미 일본대사관과 미국 국회의사당 앞에서 항의집회를 하기에 이르렀다.

내가 일본군 위안부 문제에 관심을 갖게 된 것은 바로 그 즈음이었다. 인류가 사용하는 그 어떤 말로도 표현할 수 없는 아픔을 겪었던 일본군 위안부들의 실상을 알게 되었던 것이다. 하지만 나는 아무런 힘도 없는 이십대 중반의 청년이었다. 내가 할 수 있는 것이라고는 그저 이곳저곳 도서관을 찾아다니며 일본군 위안부의 실상에 대한 자료를 찾아 공부를 하는 것뿐이었다.

일본군 위안부 사죄 결의안이 미국 의회에 처음 등장한 것은 1997년이었다. 일리노이 주에 지역구를 둔 민주당 소속 다니엘 윌리암 리핀스키(Daniel William Lipinski) 의원이 일본군 위안부 사죄 결의안을 제출했던 것이다. 그 이후로 일리노이 주 17지역구 출신 레인 알렌 에반스(Lane Allen Evans) 의원이 바통을 이어받았다. 에반스 의원은 2000년, 2001년, 2003년, 2005년, 2006년에 결의안을 제출했고, 2006년에는 하원 외교위원회에서 가결되는 성과를 이루기도 했다. 하원의장이 본회

의에 상정하지 않는 바
람에 결의안은 결국 자
동 폐기되고 말았지만,
에반스 의원의 끈질긴
노력이 드디어 싹을 틔
우기 시작한 것이다.

변호사 출신인 에반스
의원은 베트남 전 고엽
제 피해자 보상, 걸프전

레인 알렌 에반스 연방 하원의원(사진 왼쪽)은 한국과 아무
런 연결고리가 없었지만 정신대 문제 대책위원회 활동에 끝
까지 최선을 다해 주었다.

상이군인 보상, 대인지뢰 금지, 혼혈인에 대한 시민권 부여 등 인권 문
제라면 물불을 가리지 않는 인물이었다. 그런 까닭에 '유권자가 뽑은
좋은 하원의원'으로 선정되기도 했던 에반스 의원은 한국과 아무런 연
결고리가 없었다. 그런 에반스 의원이 한인들이 결성한 '정신대 문제
대책위원회'와 만난 것은 밀레니엄을 눈앞에 둔 1999년이었다.

그 만남을 계기로 에반스 의원은 태평양 전쟁 당시 일본이 어떤 만
행을 저질렀는지를 알게 되었고, 그 자리에서 유엔과 국제적 차원의
문제 제기와는 별도로 미국 의회 차원에서 일본의 전범 책임을 묻겠다
는 결심을 했다.

그래서 그 이듬해인 2000년부터 일본군 위안부 사죄 결의안을 제출
하기 시작했던 것이다. 하지만 미국의 정치계와 싱크탱크에 들어가는
일본 자금이 문제였다. 일본의 막대한 자본이 일본군 위안부 사죄 결

의안을 거듭해서 부결시키는 결정적인 역할을 해 왔던 것이다. 어쨌든 에반스 의원의 역할은 거기까지가 전부였다. 안타깝게도 오랜 세월 동안 싸워 왔던 파킨슨병이 악화되어 2006년 11월을 끝으로 정계에서 은퇴할 수밖에 없었기 때문이었다.

에반스 의원의 은퇴와 함께 일본군 위안부 사죄 결의안은 중대한 고비를 맞게 되었다. 하지만 캘리포니아 주 15지역구 출신 마이클 혼다(Michael Makoto Honda) 의원이 오랜 친구인 에반스 의원의 뒤를 잇겠다고 나섰다.

마이클 혼다 의원은 일본계 미국인으로, 어린 시절을 콜로라도 일본인 강제수용소에서 보낸 인물이었다. 그럼에도 불구하고 그는 일본군 위안부 사죄 결의안 제출을 주저하지 않았다. 일본군 위안부 사죄 결의안의 목적이 일본을 무조건 성토하거나 굴욕감을 주려는 것이 아니라 '진실을 밝히는 일'이며 '옳은 일'이라 믿기 때문에 자신의 조국인 일본 언론의 어떠한 비난에도 떳떳할 수 있다는 것이었다.

그 즈음 '일본군 위안부 사죄 결의안 통과를 위한 범동포 추진위원회'가 결성되었다. 나는 위원회의 공동의장과 공동운영위원장을 맡게 되었다. 일본군 위안부에 대한 실상을 어느 정도 파악하고 있는 나는 그 어느 때보다 열정적으로 활동했다.

마이클 혼다 의원은 2007년 1월, 미국 하원 외교위원회 아시아태평양환경 소위원회에 일본군 위안부 사죄 결의안을 제출했다. 그리고 2

일본군 위안부 피해자 이용수 할머니와 많은 이야기를 나누었다.

월 15일에는 의회에서 일본군 위안부 사죄 결의안에 대한 공청회가 열렸다. 일본군 위안부 사죄 결의안 통과를 위한 범동포 추진위원회 집행부가 어렵게 미국 의회 하원 외교분과위원장이었던 톰 랜토스(Tom Lantos) 의원을 만나 면담을 한 것도 그 당시였다.

헝가리에서 태어난 유태인 출신으로, 청소년기를 나치 수용소에서 보낸 랜토스 의원은 미국 의회 내에 인권위원회 설립을 주도할 만큼 인권문제라면 발 벗고 나서는 인물이기도 했다. 그런 까닭에 미국 의회는 2008년 세상을 떠난 랜토스 의원을 기리기 위해 '톰 랜토스 인권상'을 제정했고, 그 첫 번째 수상자로 티베트의 정신적 지도자인 달라이 라마가 선정되기도 했다.

우리와 마주 앉은 랜토스 의원이 입을 열었다.

"혼다 의원이나 저는 일본군 위안부 사죄 결의안 통과를 위해 최선을 다할 것입니다. 하지만 우리 두 사람이 435명에 이르는 의원들을 개별적으로 만나 설득할 수 없다는 사실은 알고 계시겠지요?"

"저희들이 의원님과 면담을 요청한 것도 그 때문입니다. 결의안을 통과시키는 데 힘을 보태고 싶은데, 어떻게 하는 것이 좋을지 조언을 부탁드리고 싶었던 것입니다."

"당신들은 한국계 미국인 단체에 소속된 시민운동가이지요?"

"그렇습니다."

"그렇다면 한 가지, 반드시 잊지 말아야 할 사항이 있습니다."

"그게 무엇인지……."

"일본인 위안부 사죄 결의안을 한국과 일본의 과거사에 대한 문제로 접근하면 절대적으로 불리해질 것이라는 사실입니다."

"예?"

"솔직하게 얘기하자면, 바다 건너 두 나라의 과거 역사에 신경을 쓸 만큼 시간이 여유로운 미국 의원은 없다는 말씀을 드리고 있는 겁니다. 게다가 미국 내에서 한국보다는 일본의 영향력이 훨씬 더 큰 것 또한 부인할 수 없는 사실이고요."

"그렇다면……."

"여성과 인권, 그리고 진실과 전쟁 피해의 관점이라면 상황은 크게 달라지겠지요. 그러한 주제는 민족과 나라를 초월한 인류 보편적인 가치와 맞닿아 있으니까요."

"아, 그렇겠군요."

우리는 약속이라도 한 듯 고개를 끄덕였다.

"결의안을 제출한 혼다 의원이 그 대표적인 사례입니다. 일본인 3세인 그가 왜 모국의 국익과는 반대되는 일에 앞장서고 있는지 깊이 생각해 보시기 바랍니다."

"알겠습니다. 그런데 저희들이 어떻게 하면 결의안 통과에 보탬이 될 수 있겠는지요?"

지그시 눈을 감은 채 침묵을 지키고 있던 랜토스 의원이 한참 만에 입을 열었다.

"우선 하원의원 70명에게 공동발의서명(co-sponser)을 받아 오세요."

"예? 70명이라고요?"

미국 하원의원 숫자는 435명이었다. 10년마다 한 번씩 인구조사를 한 뒤, 435로 나누어 선거구를 조정하므로 의원의 숫자는 언제나 변함이 없었다. 다만 선거철이 되면 각 지역구 유권자의 숫자가 늘거나 줄어들 뿐이었다.

의원 한 명이 대표하고 있는 주민의 숫자는 약 70만 명. 랜토스 의원의 말대로 70명의 의원들에게 공동발의 서명을 받는다는 것은 결국 대한민국 전체 인구와 비슷한 4,900만 명을 설득해야 한다는 말이었다.

랜토스 의원과 면담을 마친 뒤 밖으로 나온 우리는 망연자실할 수밖에 없었다. 의원 한 명을 만나기도 쉽지 않은 터에 무려 70명이라니……. 그렇다고 포기할 수는 없었다. 어떻게든 부딪쳐 이겨 내야만 하는 것이었다.

우선 체계적인 계획을 세울 필요가 있었다. 나아가 세부적인 전략을 마련해 435명 의원 모두에게 '일본군 위안부 사죄 결의안'을 인식시켜야 했다. 의원들을 설득하고 동의서를 받는 것은 그 다음 일이었다.

뉴욕 한인 유권자센터에서는 435명이 이르는 연방 하원의원들의 명단을 확보한 뒤 성향을 분석해 찬성과 반대, 그리고 유보 등으로 분류했다. 그리고 각 지역구에 따라 소속 의원실로 전화를 걸거나 팩스를 보내 결의안을 지지해 줄 것을 청원하기 시작했다. 나아가 범대위에서는 의사당 옆에 있는 레이번 빌딩과 케논 빌딩 등 의원회관의 하원의원 사무실을 직접 방문해 의원들을 설득하는 한편, 결의안 공동발의서에 서명을 받았다.

모두가 그렇게 한 달여 동안 신발이 닳도록 뛰어다닌 결과, 랜토스 의원이 제시한 70명의 의원들에게 공동발의 서명을 받아 낼 수 있었다. 전혀 불가능할 것만 같았던 일을 해낸 것이었다.

하지만 그것으로 끝이 아니었다. 랜토스 의원은 우리에게 100명, 120명, 150명 등 서명 의원 숫자를 자꾸만 불려 요구했고, 결국은 무려 177명의 서명을 받아 내기에 이르렀다. 숫자로 치자면 불과 5개월 만에 1억 2천만 명이 넘는 미국 시민을 우리 한인들의 노력으로 설득한 셈이었다.

그러는 사이, '일본군 위안부 사죄 결의안'은 미국 하원의 최대 화두로 자리를 잡았다. 여성과 인권, 그리고 전쟁과 진실 문제가 동시에 연계된 결의안 표결이 서서히 다가오고 있었기 때문이었다.

2007년 7월 29일, 하원 전체회의 하루를 앞둔 랜토스 의원은 그 어느 때보다 밝은 표정으로 우리를 맞아 주었다. 그리고 자신감 넘치는 말투로 우리의 노고를 칭찬했다.

"대단합니다. 무척 놀랐어요. 사실 저는 기껏해야 20~30명 정도 서명을 받은 뒤 나가떨어질 줄 알았어요. 하지만 당신들은 자그마치 177명의 의원들에게 공동발의 서명을 받았습니다. 정말 놀라지 않을 수 없는 일을 해낸 것입니다."

랜토스 의원은 결의안 통과를 자신했다.

그 즈음, 결의안 통과를 막기 위해 일본의 아베 수상이 전격적으로 미국을 방문해 부시 대통령을 만나 협조를 요청했다. 공화당 지도부 역시 일본과의 관계를 고려해 결의안 찬성을 주저하고 있는 상황이었다.

그럼에도 불구하고 랜토스 의원은 여유가 넘쳐흘렀다. 의원들에게 있어서 평생 동안 꼬리표처럼 따라다니는 주홍글씨가 되거나 훈장이 될 수 있는 것이 법안의 찬반 여부였다. 그런데 '일본군 위안부 사죄 결의안'의 경우 미국인들이 민감하게 받아들이는 분야가 모두 연계된 사안이므로 반대표를 던질 의원이 많지 않을 것이라는 설명이었다.

그렇게 하루가 지나고, 2007년 7월 30일이 밝았다. 미 연방 하원 전체회의에 '일본군 위안부 사죄 결의안'이 상정되었다. 그리고 표결이 시작되었다. 방청석에서 표결이 진행되는 과정을 지켜보고 있는 우리의 입술은 까맣게 타들어 가고 있었다. 랜토스 의원은 통과를 자신했지만, 그것은 어쩌면 우리를 안심시키기 위한 제스처일 수도 있다는 불길한 예감이 자꾸만 증폭되어 갔다.

그렇게 30여 분이 흘렀다. 이제 표결 결과 발표만 남은 셈이었다. …… 결과는 만장일치였다. 정원 435명인 미국 하원에서 일본군 위안부 사죄 결의안 채택을 반대하는 의원이 단 한 명도 없었던 것이다.

태평양 전쟁 당시 일본군 위안부 강제 동원과 그로 인해 피해를 입은 수많은 여성들에게 일본 정부의 공식적인 사과를 촉구하는 결의안이 미 하원에서 만장일치로 채택됐다는 기록을 세운 것이다.

결과가 발표되는 순간, 우리는 모두들 자신의 귀를 의심했다. 만장일치라니!

"와!"

"대한민국 만세!"

턱 끝까지 치고 올라온 감동이 숨마저 제대로 쉴 수 없게 했다. 그렇게 몇 분이 지난 뒤에야 우리는 눈물과 콧물이 범벅된 서로의 얼굴을 쓰다듬으며 마음껏 꺼이꺼이 울 수 있었다.

미국 하원에서 '일본군 위안부 사죄 결의안'이 만장일치로 통과된 이후 EU를 비롯한 유럽 여러 나라들과 호주, 그리고 캐나다 등 여러 나라 의회가 잇달아 결의안을 통과시켰다. 나아가 결의안의 내용 역시 피해자들과 지원 단체들의 주장을 보다 적극적으로 수렴했다. 세

2007년 일본군 위안부 사죄 결의안 통과 후 미국 국회 앞에서 가진 기자회견

계 각국이 일본군 위안부 문제를 일본이 태평양 전쟁을 치르는 과정에서 벌인 여성 인권 침해의 대표적인 사례로 인정한 것이다.

일본군 위안부의 실상과 일본의 자세

일본은 태평양 전쟁이 확대되기 시작한 1932년 군 위안부 제도를 만들었다. 그 이후 전쟁이 끝난 1945년까지 일본 군인들의 욕구 충족을 위해 한국, 중국, 필리핀, 인도네시아 등 여러 나라 여성들을 강제로 동원했다.

그중에서도 당시 일본의 식민지였던 한국 여성들의 숫자가 가장 많았다. 일본은 이들의 강제 동원과 성노예 생활의 실상을 은폐하기 위해 '나라를 위해 몸을 바친 부대'라는 뜻의 '정신대'라고 불렀다.

일본에 의해 강제로 끌려간 여성들의 숫자는 정확하게 집계되지 않고 있다. 취업을 빙자한 사기, 유괴, 강제 연행 등 수법이 워낙 다양한 데다 은밀하면서도 체계적인 수단이 총 동원되었기 때문이다. 다만 그 당시 일본군 부대의 규모와 각 부대로 배속되었던 위안부의 숫자를 토대로 추정해 보았을 때 최소 5만 명에서 최대 수십만 명에 이르렀을 것으로 짐작하고 있을 뿐이다.

자신에게 어떤 일이 닥칠지 꿈에도 짐작하지 못한 채 끌려간 여성들은 곧 총포소리가 끊이지 않는 전선의 군 위안소에 배치되었다. 일본군이 있는 곳이라면 어디든, 부대 규모에 따라 서너 명에서 수십 명의 위안부들이 있었다.

일본군 위안부들은 위생시설 하나 없는 돼지우리 같은 막사에 갇혀 공동생활을 하면서, 그 어떤 언어로도 표현해 낼 수 없는 인류 역사상 최악의 인권 유린을 당해야만 했다. 하루 평균 상대해야 하는 일본군 숫자는 10명에서 30여 명. 탈출을 막기 위한 살풍경한 감시 속에서, 그녀들은 하루에도 수십 번씩 죽음보다 더한 고통을 견뎌 내야 했던 것이다.

게다가 태평양 전쟁에서 패배할 당시 일본은 인간이 얼마나 파렴치해질 수 있는지, 인간의 본성이 어느 정도까지 악마와 가까워질 수 있는지에 대한 전형을 보여 주었다. 일본은 전세가 불리하게 돌아가자 자신들의 군사기밀이 누설될 것을 우려해 위안부들을 한곳으로 모아 놓고 무차별 총격을 가해 목숨을 빼앗았다. 또한 보다 더 상황이 급박한 곳에서는 위안부들만 전선에 그대로 남겨둔 채 퇴각을 하기도 했다. 그래서 수많은 위안부들이 연합군의 폭격으로 죽음을 당했다. 그나마 운이 좋은 몇몇 위안부들은 가까스로 목숨을 구해 연합군에게 발견되어 포로수용소에 수용되었다. 하지만 송장 썩는 냄새가 진동하는 전장을 헤매다 세상을 떠난 위안부들의 숫자는 헤아릴 수 없을 정도였다.

그럼에도 불구하고 일본은 전쟁이 끝난 지 반세기에 이를 때까지 범죄 사실을 철저하게 부인해 왔다. 일본군 위안부 문제는 전적으로 민간 업자들에 의해 진행된 일이므로 일본 정부가 책임질 일은 아니라는 것이었다.

하지만 1992년 1월, 일본 방위청 방위연구소 도서관에서 발견된 위안소 관련 자료가 공개되었다. 더 이상 변명할 여지가 없어진 일본은 위안부 강제 동원과 인권 침해 등에 대한 잘못을 인정하지 않을 수 없었다.

그러나 부분적인 인정과 형식적인 사과가 전부였다. 게다가 한국인 피해자 보상 문제는 샌프란시스코 평화조약과 1965년에 체결된 한일협정으로 이미 끝난 사안이라는 망언이 뒤를 이었다.

고국을 떠나
살고 싶은
사람은 없다

 수구초심(首丘初心)이라는 고사성어가
있다. 여우도 죽을 때가 되면 자신이 살던 굴을 향해 머리를 누인다는
뜻으로, 타향살이를 하는 사람들이 고향을 그리워하는 마음을 고스란
히 대변해 주는 말이다.

같은 나라 안에서도 고향을 떠나 살다 보면 헛헛한 마음을 이기지
못해 옛 친구들을 찾고는 한다. 초중고 동창생 모임이나 모교 찾기 사
이트가 인기 있는 것도 모두 그 때문이다.

하지만 자신이 의지만 있다면 옛 친구나 고향을 언제든 찾아볼 수
있는 그런 사람들을 더없이 부러워하는 이들이 있다. 익숙한 것이라
고는 눈을 씻고 찾아봐도 없는 이국땅에서 살고 있는 재외 동포가 바

로 그들이다.

고국을 떠나 살아간다는 건 전쟁터에서의 삶과 같다. 현지인들의 텃세도 무시할 수 없는 커다란 장애물임이 분명하다. 하지만 그보다 수십 배 더 견디기 힘겨운 것은 자신과의 싸움이다. 하루에도 몇 번씩 마음을 분탕질해 대는 향수병과의 사투는 그야말로 목숨을 건 전쟁과 다를 바가 없을 정도다.

역사적인 사실을 되짚어 보자면, 1903년 하와이 사탕수수 밭 노동자로 시작된 7천여 한인들의 초기 미국 이민사는 눈물겹도록 처절했다. 비슷한 시기에 멕시코로 건너가 에네켄 농장에서 노예 이하의 취급을 받았던 1천여 명의 삶 역시 말로 표현하기 힘들 정도였다.

그들이 대한제국을 떠날 때 약정한 노동 계약기간은 3년이었다. 하지만 첫 3년이 지난 후 돌아온 사람은 없었다. 기왕에 지구 반대편까지 건너온 이상, 조금이라도 더 많은 것을 이루고 싶었기 때문이었다.

사탕수수 밭 노동 이민자들과 애니깽이라 불렸던 에네켄 농장 노동자들이 귀국을 꿈꾸기 시작한 건 그로부터 10여 년이 지난 후였다. 미칠 만큼 그리운 고향으로 돌아가면 이제 지주의 눈치를 살펴야 하는 소작농이나 수수깡과 씨름하는 노동자가 아닌, 사람다운 사람으로 살 수 있을 것이라는 생각에 밤잠을 설치고는 했다.

하지만 그들이 돌아갈 수 있는 나라는 없었다. 대한제국의 멸망과 함께 노동자들은 고국을 잃어버린 것이었다. 귀국을 하려면 나라를 떠날 때 발급받았던 대한제국 여권을 반납하고, 일본 여권을 새로 만들어야 했다. 그동안 자신의 신분이 대한제국 백성이 아닌, 일본제국의 신민으로 바뀌어 있었던 것이다.

대부분의 노동자들은 귀국을 포기할 수밖에 없었다. 고국으로 돌아가면 분명히 일본인들의 노예생활을 해야 할 터였다. 하지만 이제 더이상 그렇게 살고 싶지 않았다. 집에서 기르는 가축만도 못한 삶은 사탕수수 밭이 마지막이어야 했다. 그래서 대부분의 노동자들은 그 땅에 그대로 남을 수밖에 없었다.

그런데 한 가지 문제가 있었다. 그것은 바로 결혼을 하고 아이를 낳아 대를 잇는 일이었다. 그런데 짝을 이룰 여자가 없었다. 현지인 여성과 결혼해 피부색이 다른 자식을 낳으면, 죽어서도 조상님들을 뵐 수 없을 것만 같았기 때문이었다.

그래서 고향으로 편지를 보내 자신의 생각을 형제나 친척들에게 알렸다. 그렇게 몇 차례 서신을 주고받은 끝에, 빛바랜 흑백사진 한 장을 보고 배우자를 결정하는 사진 결혼이 성사되고는 했다.

우여곡절 끝에 미국 땅에 주저앉은 초기 한인 이민자들은 도시 변두리 빈민가에 살면서 온갖 허드렛일을 도맡아 했다. 고국에 대한 향수를 잊기 위해 죽을힘을 다해 일에 매달렸다.

그즈음 도산 안창호 선생이 주도한 미주 최초의 한인회가 결성되었다. 고향에 계신 부모형제를 만난 듯한 반가움에 한인들은 기꺼이 주머니를 털었고, 피땀과 맞바꿔 번 그 돈은 한인회를 통해 상하이 임시정부로 전해져 고국의 독립을 위한 소중한 자금으로 쓰였다.

그 이후, 미국 이민이 본격화되었던 1960년대 중반 이후에 자식들을 이끌고 고국을 떠났던 한인들의 삶 역시 녹록지 않았다. 다행히 공립학교는 등록금이 없어 교육비 걱정은 크게 하지 않아도 되었다. 하지만 외환관리법상 이민자가 국외로 가지고 나갈 수 있는 금액은 1인당 1천 달러가 상한선이었다. 그 액수는 사실 미국에 도착한 후 거처를 마련할 수조차 없는 금액이었다. 그래서 대부분의 이민자들은 상당 기간 동안 지인들의 집에 얹혀살아야만 했다.

그런 까닭에 우리 동포들의 직업은 미국 땅에 첫발을 내디딜 때 마중 나온 사람의 직업이 무엇이냐에 따라 결정되는 경우가 대부분이었다. 한동안 허드렛일을 해 밑천을 마련한 뒤 독립을 하면서, 가까운 곳에서 어깨너머로라도 보아 왔던 직종을 선택하게 되기 때문이었다.

게다가 직업 선택의 폭이 넓은 것도 아니었다. 의사소통의 문제가 있기 때문에 말을 많이 해야 하는 직종은 아예 엄두를 낼 수조차 없었다. 따라서 비교적 간단한 단어만으로도 경쟁이 가능한 편의점, 세탁소, 소규모 식당 등 몇 가지 업종이 전부였던 것이다.

그런 열악한 환경 속에서도 한인들의 부지런함과 성실성은 현지인들이 혀를 내두를 정도였다. 남들보다 두세 시간 먼저 일어나 보다 더 좋은 제품을 진열했고, 양질의 서비스를 제공했으며, 신선한 재료로 음식을 만들었다.

그와 같은 끝없는 노력으로 일가를 이루고 자식들을 교육시켰다. 그래서 미국 주류 사회가 홀대할 수 없는 위치까지 올라서게 되었다.

불과 50년 전까지만 해도 한인들에게 일본인이냐, 중국인이냐 하고 물었던 미국인들이었다. 하지만 지금은 먼저 다가와 우리말로 "안녕하세요?" 하고 인사를 건네고는 한다.

오늘날 미국에 살고 있는 한인들의 숫자는 대략 220만 명에 이르고 있다. 그들 중 거의 대부분이 1960년대 이후에 건너온 이민자로, 미국 전역에 두루 퍼져 고향을 그리워하며 치열한 삶을 살아가고 있다. 그런 한인들을 두고 일부에서는 '모래알 같아서 뭉치지 못한다.', '중국 화교들의 차이나타운처럼 결속력 깊은 삶터를 이루지 못한다.'는 등 비난의 목소리를 높이고는 한다.

우리 동포들은 모두들 제 잘난 맛으로 살아간다는 비아냥거림이다. 그렇게 생각할 수 있다. 일리가 전혀 없는 말은 아니라는 얘기다. 겉으로 보았을 때 차이나타운을 만든 중국 사람들에 비해 한인들의 결속력이 약한 것처럼 느껴지는 건 부인할 수 없는 사실이다.

하지만 거기에는 그럴 수밖에 없는 까닭이 있다. 한국인과 중국인의 이민은 시작부터 같을 수가 없었다. 중국 이민은 한국보다 100여 년 정도 앞서 시작되었다. 그러니까 19세기 중후반, 미국 전역이 캘리포니아 주에서 발견된 금광으로 인해 골드러시라는 광풍에 휩쓸릴 즈음이었다. 그 당시 미국으로 건너간 화교들은 주로 광산의 광부가 되거나 철도 건설 노동자로 일했다. 민생고를 해결하기 위해 중국을 떠난 그들은 대부분이 문맹이었기 때문에 그 이외의 다른 일은 할 수가 없었던 것이다.

미국의 차이나타운은 무지함에서 오는 피해로부터 스스로를 보호하려는 심리에서 비롯되었다고 봐야 한다.

차이나타운 역시 그들이 도시 외곽에 하나둘씩 자리를 잡으면서 자연발생적으로 만들어졌다. 아는 것이 전혀 없으니 자기네들끼리 뭉치지 않으면 살아갈 수가 없었다. 게다가 지구상의 모든 인구 중 다섯에 한 명은 중국인이다. 그래서 차이나타운은 급속도로 확장되었다. 결속력이 아닌, 무지함으로 인한 피해로부터 스스로를 보호하려는 심리와 엄청난 숫자의 인구가 오늘의 차이나타운을 만들어 낸 것이다.

한인들의 미국 이민은 중국보다 훨씬 늦게 시작되었지만, 1960년대 이후 한국 이민자들의 수준은 그들과 비교할 대상이 아니었다. 상당한 학력과 지식을 갖춘 중류층 가정의 이민이 주류를 이루었다. 따라서 어디에 정착을 하더라도 무지함으로 인한 손해는 없었다. 그러니 화교들처럼 한곳에 모여 살 까닭이 없었다. 함께 옹기종기 모여 살면서 서로 아옹다옹하느니, 차라리 멀찌감치 떨어진 곳에 자리를 잡아 동포들끼리 제 살 깎아먹기 경쟁을 하는 구도를 사전에 봉쇄해 버렸다.

게다가 중국과 우리나라 인구 비율은 13억 : 5천만이다. 화교 숫자만 해도 우리나라 전체 인구와 비슷한 5천만 명에 육박하고 있다. 뒤늦게 로스앤젤레스에 코리아타운이 생긴 것도 2세와 3세 등 한인들의 숫자가 늘어나면서였다.

그리고 또 한 가지, 한인들의 가슴속 깊은 곳에는 기본적으로 애국심이라는 감정이 넓게 자리하고 있다. 중국인들을 폄훼하려는 건 아니지만, 그들은 대부분 애국심보다 애향심이 강하다. 땅덩이가 워낙 넓어 같은 성 출신이 아니면 의사소통 자체가 쉽지 않기 때문인지도 모른다.

한인들은 평소에는 무심한 듯 덤덤해 보이다가도 우리 민족 고유의 감정을 건드리면 폭발한다. 단단한 모래알이 되어 제각각 흩어져 있다가도 감동이라는 시멘트를 만나면 그 어떤 민족보다 강하게 결집한다.

멀게는 나라의 독립자금을 모았던 선조들이 그랬고, 가깝게는 IMF 구제금융 당시 금 모으기 운동과 2002년 월드컵 응원이 있었다. 또한 2007년 미국 하원에서 만장일치로 통과시킨 일본군 위안부 결의안과 2014년 버지니아 주 동해 병기 법안 통과 역시 그런 응집력이 없었다면 불가능한 일이었다.

우리 민족의 DNA 속에는 반드시 고향으로 돌아가는 바다거북이나 연어처럼 회귀의 원형을 갖고 있다. 그것이 우리 민족이 가진 특성이다. 그 특성은 고국을 떠나 살고 있는 모든 동포들의 몸속에 고스란히 내재되어 있다.

'집 떠나면 고생이다.'라는 말이 있다. '나라를 떠나면 애국자가 된다.'는 말도 있다. 고국을 떠나 낯선 곳에서 살아간다는 건 가슴에 무거운 돌덩이 하나를 얹고 전쟁을 치르는 병사와 같다.

우리는 어디에서 살든 다 같은 동포 아닌가?

오늘날 해외에서 살고 있는 재외 동포들의 숫자는 약 **750**만 명에 이르고 있다. 러시아의 고려인, 중국의 조선족, 일본의 재일거류민, 미국의 한인 등 그 명칭도 무척이나 다양하다.

언제, 어떤 이유로 고국을 떠나게 되었든, 재외 동포가 된 우리 민족은 삶의 뿌리를 내린 그곳에서 최선을 다해 살고 있다.

1999년 9월 2일, 재외 동포법이 제정된 뒤 여러 차례 개정을 거쳐 오늘날에 이르고 있다. 그 법률에 따르면 재외 동포의 정의는 '대한민국 국적을 가진 해외 영주권자'와 '대한민국 국적을 보유했던 자(대한민국 정부 수립 이전에 국외로 이주한 동포 포함)와 그 직계비속으로 외국 국적을 취득한 자'로 규정하고 있다. 우리 동포는 대한민국에 살고 있는 국내 우리 국민과 재외 동포로 나뉘는데, 재외 동포는 또 우리 국적을 가진 재외 국민과 외국 국적을 가진 재외 동포를 포함하고 있다.

고국을 떠나 평생을 외국에서 살고 싶어 하는 우리 동포는 없다. 오랜 타국 생활로 말과 문화가 조금 어색해 보이더라도, 내 나라 내 땅에 살고 있는 모든 사람들이 넓게 보듬어 주고자 하는 마음을 가졌으면 좋겠다.

독일의 진정성과
일본의 뻔뻔함

 누구나 실수는 한다. 평생을 살아가면서 잘못을 저지르지 않는 사람은 없다. 그래서 사람은 불완전한 존재일 수밖에 없다고 한다. 신을 믿고 따르는 것도 어쩌면 이미 저질러진 잘못을 통렬하게 반성하거나, 자신의 실수를 최소치로 줄여 보려는 노력인지도 모른다. 그래서인지 많은 사람들은 잘못한 행위 그 자체보다는 잘못 이후의 태도를 보고 그 사람을 평가하고는 한다. 사람 됨됨이를 가늠하는 잣대가 실수 그 자체에 있는 것은 아니라는 얘기다.

자신의 실수를 솔직하게 인정하고 깊이 반성하는 모습을 보이면, 그로 인해 피해를 입은 사람도 크게 질책하지는 않는다. 게다가 진정한 반성은 똑같은 실수를 반복하지 않게 한다. 하지만 자신의 잘못을 인정하지 않으면 상황은 전혀 다른 양상으로 흘러간다. 인정하지 않으니 반성이 뒤따를 수 없다. 가해자의 그런 태도에 피해자는 두 번째 상처를 입는다. 상처가 배가되는 것이다. 뻔뻔함을 확인하는 순간, 용서하고자 하는 마음이 사라져 버린다.

가해자와 피해자는 정해져 있지 않다. 어제의 가해자가 내일은 피해자가 될 수 있는 것이 세상이다. 나라 간의 관계 역시 마찬가지다.

그 대표적인 예가 제2차 세계대전을 일으켰던 독일과 일본이다. 동맹을 맺어 가며 똑같이 세상을 전쟁의 소용돌이 속으로 밀어 넣은 전범국이지만, 전쟁이 끝난 후 두 나라의 태도에 어떤 차이가 있는지를 모르는 사람은 없다.

독일의 경우 1970년 당시 빌리 브란트 총리가 폴란드 바르샤바 유대인 희생자 위령탑 앞에 무릎을 꿇은 것을 시작으로, 역대 정치 지도자들이 진심에서 우러난 반성을 거듭하고 있다. 특히 앙겔라 메르켈 현 총리의 경우 아우슈비츠 수용소 해방 70돌 기념일을 앞둔 연설에서 '나치 만행을 되새겨 기억하는 것은 독일인의 항구적인 책임'이라고 전제하면서 '독일은 수백만 유대인 희생자에 대한 책임을 잊어선 안 된다. 아우슈비츠는 항상 인간성 회복을 위해 우리가 해야 할 일을 일깨워 주고 있다.'고 강조했다.

또한 '아우슈비츠는 독일에서 새로운 삶을 개척하려는 이민자들을 적대시하는 구호를 따르지 말 것을 경고하고 있다.'면서 '유대인이라는 이유로, 이스라엘 출신이라는 까닭으로 모욕당하고 공격받거나 위협받는 것은 독일로서는 불명예스럽고 수치스러운 일이며, 종교와 인

종에 관계없이 독일 안에서 모두가 자유로워야 하고 안전해야만 한
다.'고 주장했다.

나아가 독일의 주요 정당 대표들 역시 '우리는 나치 만행과 독재 체
제를 기억해야만 한다. 특히 어려서부터 인종주의와 전체주의가 잘못
된 점을 제대로 인식할 수 있는 안목을 갖도록 교육할 필요가 있다.',
'나치 범죄를 기억해야 하는 것은 독일 사회 전체의 집단적 책임이며,
최근 고개를 들고 있는 인종주의 및 반유대주의와 단호히 맞서 싸워야
한다.'며 한목소리를 내고 있다.

하지만 일본의 경우는 전혀 다르다. 독일처럼 반성을 하기는커녕
자신들이 일으킨 침략 전쟁이 그 당시 '아시아 평화를 위해 반드시 필
요하면서도 마땅한 조치'였다는 말도 안 되는 주장을 끊임없이 되풀이
하고 있다.

심지어 일본의 주요 정치인들은 번갈아 가면서 '오늘날 한국의 경제
발전은 일제의 35년 통치 당시 기반을 닦아 놓은 덕분에 이루어진 것'
이기 때문에 한국은 일본을 원망할 일이 아니라 오히려 감사하는 마음
을 가져야 한다는 궤변을 쏟아 낼 정도이다.

게다가 최근에는 일본의 스가 요시히데 관방장관이 을사늑약을 강
요하고 고종을 강제로 퇴위시킨 이토 히로부미를 저격한 안중근 의사
를 직접 지목하며 '안중근은 범죄자이자 테러리스트다.'라는 망언을
내뱉었다.

전쟁을 수행 중인 군인이 적장을 죽인 사건을 범죄이자 테러리스트

의 행위로 규정한 망언으로 인해 대한민국 국민들은 물론, 안중근 의사를 추앙하는 중국인들까지 분노한 것은 지극히 당연한 결과였다.

안중근 의사는 러시아 군에 의해 체포된 이후, 하얼빈 일본영사관을 거쳐 중국 랴오닝 성 뤼순에 설치되어 있던 일본 관동도독부 지방법원으로 송치되자 다음과 같이 말했다.

"나는 대한제국 독립군에 소속된 군인 신분이다. 따라서 일본은 나를 국제법에 의한 적국의 군인으로 대우해야 하며, 그에 준하는 절차를 밟아 재판을 진행해야 한다."

그럼에도 불구하고 일본은 안중근 의사의 요구를 거부했다. 안중근 의사는 또한 일제에 의해 사형이 집행되기 직전, 동포들에게 '내가 대한의 독립을 회복하고 동양의 평화를 유지하기 위해 3년 동안 해외에서 풍찬노숙하다 마침내 그 목적을 달성하지 못하고 이곳에서 죽노니, 우리 2천만 형제자매들은 각각 스스로 분발하여 학문을 힘쓰고 실업을 진흥하며, 나의 끼친 뜻을 이어 자유 독립을 회복하면 죽는 여한이 없겠노라.'라는 유언을 남겼다.

이처럼 고국의 독립을 위해 자신의 목숨을 기꺼이 바친 안중근 의사가 범죄자라는 스가 요시히데의 논리를 그대로 적용하면, 미국의 초대 대통령 조지 워싱턴은 어떠한가? 조지 워싱턴은 미국 독립군 총사령관으로 수많은 영국 군인들을 죽음에 이르게 한 인물이다. 따라서 그는 범죄자나 테러리스트 범주를 넘어 희대의 살인마로 규정해야 마땅할 일이다.

일본의 이와 같은 뻔뻔함에 피해 당사자인 우리 국민들은 물론, 전 세계 사람들이 분노하고 있다. 그러한 태도가 얼마나 후안무치한 짓인가를 알기 때문에 일본의 양심적인 지식인들까지 비판의 대열에 합류하고 있는 것이다.

그렇다면 세계 각국은 왜 일본의 반성을 요구하고 있는 것일까? 그 이유는 지극히 간단하다. 자신들이 저지른 잘못에 대한 통렬한 반성과 함께 진심에서 우러난 사과가 있어야 그와 같은 일이 반복되지 않을 것이기 때문이다.

2007년 7월, 미국 연방 하원은 개원 이래 최초로 일본군 위안부에 대한 일본 정부의 공식적인 사과를 촉구하는 내용의 '일본군 위안부 결의안'을 만장일치로 채택했다. 이 결의안이 통과된 것도 일본의 뻔뻔함을 꾸짖는 미국인들의 호통이었다.

사실 미국인들은 일본군 위안부에 대해 아는 바가 거의 없었다. 하지만 일본 정치인들의 거듭된 일본군 위안부 관련 망언에 분노한 한인들이 1997년부터 미국 연방 하원 외교분과위원회에 소속되어 있었던 레인 에반스 의원과 톰 랜토스 의원, 그리고 마이클 혼다 의원 등을 접촉하면서 수면 위로 떠오르기 시작했다.

일본군 위안부의 실상을 알게 된 고 에반스 의원은 다섯 차례에 걸쳐 결의안을 제출하는 등 가장 적극적으로 행동에 옮기는 열의를 보여 주었다. 유대인 출신으로 미국 의회 내에서 유일한 홀로코스트 생존자이기도 했던 톰 랜토스 의원 역시 한인들이 연방 하원의원들을 설

일본계 미국인으로 일본군 위안부 사죄 결의안 채택에 혼신의 힘을 다한 마이클 혼다 연방 하원의원(오른쪽)

득하는 데 적극적인 도움을 주었다. 또한 일본계 미국인인 마이클 혼다 의원은 '진실을 밝히는 일에 사사로움을 앞세울 수 없다.'면서, 일본 정부의 일본군 위안부 문제 인정과 함께 사죄와 진상규명을 요구하는 결의안을 발의하는 한편, 채택을 위한 노력을 아끼지 않았다.

반면에 일본은 '일본군 위안부 사죄 결의안'을 부결시키기 위해 천문학적인 로비 자금을 쏟아붓는 한편, 아베 총리까지 미국으로 날아가 부시 대통령을 만나는 등 온갖 노력을 다했다.

하지만 결과는 만장일치 통과였다. 일본군 위안부 사죄 결의안이 만장일치로 통과되자 일본의 아베 총리는 '우리 일본에게는 Korean -American과 같은 사람들이 없다!'며 억울해했다. 미국 연방 의회를 통째로 움직여 버린 미주 한인들의 노력에 혀를 내두른 것이다.

그 이후 네덜란드와 캐나다를 비롯한 세계 여러 나라 의회가 일본군 위안부 결의안을 통과시켰다. 잘못을 저지른 일본이 스스로 인정을 하고 있지 않기 때문에 세계 각국의 의원들이 들고 일어나 반성과 사과를 촉구하게 되었던 것이다.

독일은 전쟁이 끝난 후 진심 어린 반성, 사과와 함께 피해자들의 아픔을 감싸 주기 위해 최선의 노력을 기울여 오고 있다. 하지만 일본은 오늘날까지도 반성과 사과는커녕 망언과 궤변만 끊임없이 늘어놓고 있다.

제2차 세계대전이 끝난 지 70년이 되었다. 똑같은 가해자이지만 전혀 다른 행보를 보이고 있는 두 나라, 독일과 일본이 앞으로 어떤 모습으로 변해 가는지 우리는 두 눈을 똑바로 뜨고 지켜볼 필요가 있다.

독일과 일본의 태도 차이는 어디에 기인하는가?

과거사에 대한 독일과 일본의 태도 차이는 극과 극을 달리고 있다. 똑같은 전범국인 두 나라가 전혀 다른 길을 걷고 있는 데는 다양한 이유가 작용하고 있다.

그중에서 가장 큰 비중을 차지하고 있는 것은 주변국들의 저항력이다. 독일의 경우 패전 이후 주변국들의 강력한 저항과 마주했다. 게다가 이웃 나라들의 국력이 만만치 않았기 때문에 고개를 숙이지 않을 수 없었다. 하지만 일본은 달랐다. 우리나라를 비롯한 피해 당사국들은 거의 침묵으로 일관했다. 오히려 일본 제국주의에 적극적으로 협조한 친일파가 정관계를 주도할 만큼 후진성을 벗어나지 못했다.

한 뼘만 더 깊이 생각해 보자. 문제는 국력이다. 주변국의 힘이 강하면 일본의 후안무치한 행동은 금세 자취를 감출 것이다. 억울하면, 분하면, 더 이상 괄시받지 않으려면 우리 스스로 강해지는 수밖에 없다.

일본의
독도 관련 망언,
그리고 우리의 반응

 일본의 독도 영유권 주장은 어제 오늘의 일이 아니다. 잊혀질 만하면 불거지고는 하는 일본의 독도 관련 망언이 나올 때마다 우리는 '독도는 우리 땅'을 외치며 광분한다. 35년 세월 동안 식민통치를 하면서 사람이라면 차마 할 수 없는 갖가지 만행을 저지른 것도 모자라 독도 영유권을 주장하니 그럴 수밖에 없다.

그래서 때로는 일본대사관 앞으로 우르르 몰려가 시위도 하고, 일장기를 불사르거나 망언을 내뱉은 일본 정치인의 허수아비를 만들어 화형식을 치르는 등 민감한 반응을 보이게 된다.

하지만 이제 달라져야 한다. 우리의 그런 격렬한 반응이 아무런 도움이 되지 않기 때문이다. 따라서 앞으로는 어떤 망언이 들려오더라도 흥분을 최대한 자제하는 대신, 독도에 대한 공부를 하고 대책을 마련하면 좋겠다는 생각을 해 본다.

대한민국 국민 모두가 독도를 사랑하고 있지만, 독도가 과연 어떤 섬인지에 대해서 '독도는 우리 땅'이라는 노래의 가사 이외에 더 깊이 아는 사람은 그다지 많지 않을 것이기 때문이다.

그리고 또 한 가지, 질문과 함께 주의 깊게 살펴볼 것이 있다. 독도 관련 망언이 왜 지금 이 시기에 터져 나왔을까? 우연을 가장한 일본 위정자들의 독도 관련 망언에 우리가 놀아나고 있는 것은 아닐까 하는 의심을 한번쯤은 해 볼 필요가 있다는 얘기다.

독도에 대해 아는 것이 많든 적든, 우리 국민들의 독도 사랑은 매우 지극하다. 또한 독도를 사랑하는 마음이 큰 만큼 대단히 민감하다. 그래서 독도 관련 망언을 들으면 불같이 분노하는 것이다.

그런데 찬찬히 들여다보면 일본 정치인의 독도 망언과 우리의 분노, 그리고 일본 내부의 정치 사회적 분위기 사이에는 보일 듯 말 듯한 개연성이 있어 보인다. 그래서 뒤집어 재구성을 해 보면 다음과 같은 결론이 나올 때도 있다.

이유가 무엇이든, 일본의 국내 상황이 여의치 않은 상황에 놓인다. 이름도 잘 알려지지 않은 지방 정치인이 독도 관련 망언을 한다. 우리 국민들은 그 망언에 즉각적인 반응을 보인다. 우리의 분노가 고스란히 촬영된 영상이 일본으로 송출된다. 과격한 장면을 중심으로 편집된 영상이 일본 국민들에게 전달된다. 이에 놀란 일본 국민들의 입에서 불만의 소리가 잦아든다.

일본과 영토 분쟁에 휘말린 나라는 우리뿐만이 아니다. 오키나와 남서쪽 약 400킬로미터 지점에 위치한 센카쿠열도(댜오위다오 혹은 댜오위타이)는 중국 및 타이완과 분쟁 중에 있고, 러시아와는 쿠릴열도의 섬들을 두고 영유권 다툼을 벌이고 있다. 마

일본은 센카쿠열도를 두고 중국 및 타이완과 영토 분쟁 중이다.

치 싸움닭처럼 주변의 모든 나라들과 시비가 붙어 있는 셈이다.

하지만 일본의 움직임 하나하나에 중국이나 러시아 국민들은 우리처럼 민감하게 반응하지 않는다. 그래서 유독 독도 관련 망언을 빈번하게 뱉어 내고는 하는 것이다.

그렇다고 해서 일본 정치인들의 독도 관련 망언이 모두 그런 의도를 갖고 있다는 말은 아니다. 독도를 향한 일본의 야욕이 오랜 세월을 두고 끊임없이 지속되어 온 만큼 최종적인 목표가 독도 영토 편입에 있음은 두말할 나위가 없다.

그래서인지 일부에서는 일본이 독도에 대한 영유권을 주장할 때마

다 우리는 쓰시마 섬 영유권을 주장해 맞불을 놓아야 한다는 의견도 있다. 쓰시마 섬 영유권을 주장하는 이유는 다음과 같다.

쓰시마 섬, 즉 대마도는 우리나라인 한반도와 일본열도 사이의 대한해협 중간에 자리하고 있는 섬이다. 한반도와의 거리 약 50킬로미터이고, 일본열도와의 거리는 약 130킬로미터인 이 섬은 오랜 세월 동안 양국에 완전히 소속되지 않은 채 중간자적 입장을 유지하면서 두 나라와 교역을 하고, 양국의 행정기관을 동시에 받아들이는 등 중립적인 입장을 고수해 왔다.

고려 말에는 조공을 바치는 대가로 쌀을 얻어 갔으며, 조선 초기에는 임금이 대마도주에게 임명장을 하사한 적도 있다. 하지만 임진왜란 발발과 함께 대마도는 일본 수군의 근거지가 되었고, 그 이후 조선의 영향력은 급속하게 약화되었다.

그리고 대마도는 메이지 유신과 함께 일본 영토로 편입되었다. 우리 한반도와 예전처럼 독자적으로 교류할 수 있는 자격을 상실한, 6천여 개에 달하는 일본의 부속 섬 가운데 하나가 되어 버린 것이다.

대마도의 역사를 자세하게 알고 있던 대한민국 초대 대통령 이승만 박사는 정부가 수립된 지 사흘이 지난 1948년 8월 18일, 성명을 통해 '대마도는 한국 땅이므로 속히 반환하라.'고 주장했다.

이에 대해 일본 내각이 항의를 하자 9월 9일에는 오히려 '대마도 속령에 관한 성명'을 발표했다. 그리고 이듬해인 1949년 1월 7일, 연두 기자회견에서 또 다시 대마도 반환을 요구하며 다음과 같이 밝혔다.

전후 배상문제는 임진왜란부터 계산하는 것이 옳다. 그리고 대마도는 별도로 취급해야 한다. 본래 우리 땅이었던 대마도에 350년 전 일본인들이 침입해 왔다. 이에 대마도민들은 힘을 합해 싸웠고, 섬을 지켜낸 사실을 기념하기 위해 대마도 곳곳에 비석을 세워 놓았다. 대마도가 일본 땅이라면 대마도 사람들이 왜 힘을 모아 싸웠겠는가? 그 비석들은 지금 도쿄박물관에 있다. 대마도를 자신의 영토로 편입시킨 일본인들이 뽑아다 옮겨 놓은 것이다. 나는 그 비석까지 찾아올 생각이다.

그 이후로도 이승만 대통령의 대마도 반환 요구는 계속되었다. 1949년 12월 31일, 대통령 연말 기자회견에서는 더욱 강경한 어조로 대마도 반환을 요구했다.

대마도 반환 요구는 우리나라의 잃어버린 영토를 회복하려는 것이다. 이 문제는 대일 강화회의를 통해 해결할 수 있다. 오늘날 일본은 억지를 부리고 있지만 역사를 이겨 내지는 못할 것이다.

60여 차례에 걸쳐 반복된 이승만 대통령의 이와 같은 주장은 중국 여론의 지지를 얻어 내기에 이르렀다. 게다가 당시의 일본은 패전 직후의 불안정한 상태였기 때문에 대마도가 한반도의 부속도서라는 사실을 상당 부분 인정하기도 했다.

그래서 일본 정부는 '국경 쓰시마 방위와 개발에 관한 건'이라는 내부 문서에서 이승만 대통령의 거듭된 대마도 반환 요구에 대해 '만약 유엔이 승인한다면 대마도를 일본 영토에서 제외할 수 있다.'라고 언급하고 있다. 하지만 이승만 대통령의 요구는 당시 일본에 주둔하고 있던 미국 맥아더 사령부의 반대로 무산되고 말았다.

이와 같이 확실한 전례가 있으니 쓰시마 섬에 대한 영유권을 확실히 주장해 독도를 사수함은 물론, 대마도까지 찾아오자는 의견이다.

일본은 무려 6,850개가 넘는 섬으로 이루어진 나라다. 그런데 왜 부속 섬들까지 모두 합해 18만 7,554평방미터에 불과한 작은 바위섬 독도에 그토록 집착하는 것일까?

동해와 관련해 바다의 지배권에 대한 문제는 논외로 하더라도, 여러 가지 측면에서 독도의 가치가 그만큼 높기 때문이다. 독도의 가치가 보잘 것 없는 것이라면 일본은 눈길조차 주지 않았을 것이다. 독도가 아니라도 섬이라면 넘치도록 많은 니라가 바로 일본이기 때문이다.

독도의 어장으로서의 가치, 군사적 가치, 지질학적 가치 등은 누구나 어느 정도 알고 있다. 하지만 해저에 매장된 자원으로 눈을 돌리면 문제는 달라진다. 일본이 우리보다 독도에 대해 훨씬 더 많은 것을 알고 있을 뿐만 아니라 훨씬 더 구체적인 자료를 확보하고 있다.

그 대표적인 예가 메탄 하이드레이트다. 독도 근방 해저에는 많은 양의 메탄 하이드레이트가 매장되어 있는 것으로 알려져 있다. 메탄 하이드레이트는 드라이아이스처럼 생긴 에너지원이다. 불을 붙이면

독도가 갖고 있는 유무형의 가치는 일본이 국제적인 비난을 감수하고도 남을 만큼 엄청난 것이 사실이다.

타는 성질을 갖고 있어서 불타는 얼음(Burning Ice)이라고 부르기도 한다.

빙하기 때 죽은 해초나 플랑크톤이 해저에 쌓여 썩으면서 메탄가스가 발생했다. 그런데 그 메탄가스는 엄청난 수압 때문에 대기 중으로 올라가지 못한 채 해저에 갇혀 물과 결합해 고체로 변했다. 그 위로 바다를 떠다니던 부유물이 쌓이고 쌓였고, 그렇게 수만 년의 세월이 흘러 아무도 그 존재를 짐작하지 못했다. 그러다가 1990년대에 이르러서야 처음으로 메탄 하이드레이트를 발견하게 된 것이다.

메탄 하이드레이트 1세제곱미터를 분해하면 172세제곱미터의 메탄가스를 얻을 수 있다고 한다. 하지만 연소될 때 배출되는 이산화탄소의 양은 휘발유나 천연가스의 절반에도 미치지 못해 환경에도 바람직하다.

지구상에 매장된 메탄 하이드레이트의 총량은 약 10조 톤 가량인 것으로 추정하고 있다. 메탄 하이드레이트를 사용 가능한 에너지로 개발한다면 전 세계인이 반영구적으로 쓸 수 있는 어마어마한 양이다. 그래서 일부 학자들은 21세기 중반 이후에는 메탄 하이드레이트가 석유를 제치고 인류의 주요 에너지원이 될 것으로 예측하기도 한다.

그처럼 대단한 에너지원이 석유 한 방울 나오지 않는 우리나라 독도 부근 해저에 매장되어 있는 것이다. 세계적인 전문가들이 예상하고 있는 메탄 하이드레이트의 양은 최소 6억 톤이다. 이 수치는 우리나라

독도 근방 해저에는 '불타는 얼음'으로 불리는 메탄 하이드레이트가 최소 6억 톤 이상 매장되어 있는 것으로 알려져 있다.

의 모든 에너지원을 메탄 하이드레이트로 대체한다고 해도 30년 이상 풍족하게 사용하고도 남을 정도의 양이다. 돈으로 환산하기 어려울 만큼 엄청난 가치다.

하지만 유감스럽게도 메탄 하이드레이트는 석유처럼 시추공을 박아 뽑아 올려 쓸 수 있는 에너지원이 아니다. 매우 불안정한 구조를 갖고 있어서 해저에 매장된 상태 그대로의 압력과 온도를 고스란히

유지한 상태에서 채취해야만 한다. 혹시라도 잠깐의 실수로 메탄 하이드레이트가 대기 중에서 용해된다면, 상상을 초월할 수 없을 정도의 메탄가스가 지구를 뒤덮어 인류 역사상 최악의 참사가 일어날 것이다. 에너지원으로는 대단히 유용한 자원이나 그만큼 위험한 것이 메탄 하이드레이트이기도 하다.

안타까운 일이지만 우리나라의 메탄 하이드레이트 개발 수준은 아직 초기 단계를 벗어나지 못하고 있다. 하지만 일본은 세계 최초로 메탄 하이드레이트에서 메탄가스를 추출해 내는 데 성공한, 메탄 하이드레이트 개발 선진국이다.

일본이 단지 독도 부근 해저에 매장된 메탄 하이드레이트에 눈이 멀어 끊임없이 독도 영유권 주장을 하는 것은 아닐 것이다. 다만 한 가지, 독도가 갖고 있는 유무형의 가치는 일본이 국제적인 비난을 감수하고도 남을 만큼 엄청나다는 사실만은 확실하다.

어쨌든 우리는 일본의 속내를 알지 못한다. 하지만 일본이 어떤 꿍꿍이를 갖고 있든 우리가 상관할 바는 아니다. 독도는 어차피 우리 영토니까!

그러나 이제는 일본의 망언에 대처하는 우리의 자세를 재고할 필요가 있다. 무조건적인 분노는 도리어 역효과만 낳는다. 아무리 시답잖은 얘기라도 상대방의 리액션이 좋으면 신명이 나는 법이다. 우리의 과민한 반응이 일본의 망언을 부추기게 하는 우를 범하지 말자.

일본인들의 불법 어획으로
멸종된 독도 강치

독도는 삼봉도, 석도 등 여러 이름으로 불려 왔다. 그중 하나가 조선 정조 때 부르던 가지도라는 이름이다. 독도에 가제(강치)가 많이 살았기 때문이다.

바다사자의 일종인 강치는 수컷의 경우 몸길이 2.5미터, 몸무게 500킬로그램 내외, 암컷은 몸길이 1.8미터, 몸무게 120킬로그램 정도로 물개와 비슷한 생김새를 하고 있다. 19세기 때만 해도 동해에 4만 마리 이상 서식했다는 기록이 있으며, 독도 부근에서 흔히 볼 수 있는 동물이었다.

하지만 1904년, 강치 가죽이 돈벌이가 된다는 걸 알게 된 나카이 요자부로(中井養三郎)라는 일본 어부가 일본 외무성으로부터 어업권을 획득해 무자비한 방법으로 강치를 포획하기 시작했다. 그는 새끼를 유인해 뒤따라온 어미는 몽둥이와 창살을 이용해 죽이고 수컷은 총으로 쏴 죽였다. 일본 작가 이즈미 마사히코(泉昌彦)가 《독도비사》라는 책에서 '죽은 강치가 썩는 냄새가 울릉도까지 흘러왔으며, 이는 어로의 영역을 넘은 광기의 살육'이라고 묘사할 정도였다.

이렇게 포획한 새끼 강치는 서커스단에 팔아넘기고 강치 가죽으로는 가방을 만들어 팔았다. 비단과 같이 부드러운 강치 가죽을 이용해 만든 가방으로 파리 박람회에서 금상을 받기도 했다.

1904년부터 광복 이후까지 1만 6,614마리의 강치를 잡아들였다는 것이 나카이 요자부로의 공식 기록에 남아 있다. 실제로 더 많은 강치가 잡혔을 거라는 것은 불 보듯 뻔하다. 이렇듯 남획된 독도 강치는 일본 패망 이

일본 어부들이 불법으로 강치를 잡아들이고 있다. 이들은 광복 이후까지 1만 6천 마리 이상의 강치를 남획했다.

후 채 500마리도 되지 않을 정도로 살아남게 되었다. 하지만 이마저도 제 2차 세계대전 승전국인 미국이 독도를 폭격 연습장으로 사용하면서 영원히 멸종되고 말았다.

이처럼 독도 강치를 살육한 일본인들이 최근에는 강치(일본 이름으로는 '메치')를 주인공으로 하는 그림책을 제작, 강치를 일본 어린이들의 친구로 묘사하는가 하면 강치 캐릭터를 만들어 독도 홍보에 이용하는 파렴치한 일들을 벌이고 있다. 이에 대한 우리의 강력한 대응이 요구되는 시점이다.

미술가이자 강원도 원주 오랜미래신화미술관 관장인 김봉준이 흙을 빚어 제작한 독도 강치

군대가 없는 일본, 그리고 오늘날 일본의 국방력

1945년 8월 15일, 제2차 세계대전에서 패배한 일본은 육해공군을 중심으로 한 전투 병력을 보유하지 않을 것을 선언했다. 나아가 1947년 발효된 일본 평화헌법 9조에는 다른 나라와의 전쟁 포기는 물론, 그 어떤 전투 병력도 갖지 않는다는 내용이 명시되어 있다.

하지만 일본은 1950년 6월, 6 · 25 전쟁이 발발하자 자국의 치안유지를 명목으로 경찰예비대를 창설했다. 경찰예비대는 그 이후 보안대로 재편되었고, 1954년에는 오늘날의 자위대라는 명칭으로 탈바꿈했다.

이후 일본은 끊임없이 자위대의 규모를 확장해 왔다. 그 결과, 일본의 자위대는 육상자위대 15만, 해상자위대 5만, 항공자위대 4만여 명으로 구성되기에 이르렀다. 숫자로만 셈하면 24만여 명에 불과하므로 가볍게 생각할 수 있다.

하지만 이 편제는 장교와 하사관 위주로 구성되어 있다. 다시 말해 특별한 상황이 닥치면 순식간에 100만 명 이상의 부대를 양산할 수 있는 체계를 갖추고 있는 것이다. 2015년 현재 일본의 국방비는 약 510억 달러로, 305억 달러를 지출하고 있는 우리나라 국방비를 두 배 가까이 상회하고 있다.

한편, 일본의 아베 수상은 그동안 '전쟁 및 무력 사용을 금지한 현재 평화헌법 9조를 개정해 일본을 전쟁 가능한 보통국가로 탈바꿈시키는 것을 필생의 과업으로 여기고 있다.'고 강조해 왔다. 그런 가운데 참의원 선거에서 집권 자민당이 헌법 개정 발의에 필요한 3분의 2 의석을 확보했다.

앞으로 진행될 일본의 개헌 논의, 주의 깊게 지켜볼 일이다.

일본 학도병으로
끌려간 한 청년의
인생 유전

 1991년, 미국 육군 예비역 군인 한 분
이 노환으로 세상을 떠났다. 세계 최강의 군사력을 자랑하는 미국은
예비역 군인이 귀한 나라가 아니다. 게다가 그는 특별한 사고로 유명
을 달리한 것도 아니었다. 따라서 그분의 절명은 세간의 화제가 되지
않았다. 하지만 우리 한인들은 달랐다. 특히 그가 살아왔던 삶의 궤적
을 알고 있는 주변 사람들은 저린 가슴으로 명복을 빌었다. 망자가 단
지 한인이었고, 그와 비슷한 연배에서는 거의 찾아볼 수 없는 미군 출
신이라는 이력 때문만은 아니었다.

그는 학생 시절, 일본군 학도병으로 강제 징집되었다. 어느 날 갑자
기 일본 군인이 되어 제대로 된 훈련도 받지 않은 채 만주에 주둔하고

있던 관동군에 배치되었다. 그리고 눈앞에 펼쳐진 난관을 어떻게 극복해 나가야 할지 가늠도 하기 전에 전선에 투입되었다. 국경 문제로 첨예한 대립을 하고 있던 관동군과 소련군이 정면으로 맞부딪친 노몬한 전투가 벌어진 것이다.

1939년 5월 12일부터 8월 20일까지 그는 총알이 비 오듯 쏟아지는 최전방으로 내몰렸다. 총알받이로 데려온 조선인 학도병이었기 때문이었다. 100여 일에 걸친 노몬한 전투에서 일본 관동군 제23사단은 전멸에 가까운 참패를 당했다. 하루에도 수십 번씩 생과 사의 갈림길을 오가면서 가까스로 목숨을 부지한 그는 소련군에게 붙잡혀 포로가 되었다. 말 한마디 알아들을 수 없는 포로 신세였지만, 그는 오히려 마음이 편했다. 최소한 조국을 멸망시킨 일본을 위해 목숨을 내놓지 않아도 될 것이기 때문이었다.

그로부터 2년이 지난 1941년 6월 22일, 나치 독일은 독소불가침조약을 어기고 180만 명에 이르는 병력을 동원해 소련을 기습 공격했다. 그리고 순식간에 우크라이나와 레닌그라드, 그리고 모스크바 부근까지 점령해 버렸다. 그런 가운데 소련의 포로수용소가 독일의 수중으로 넘어가게 되었다. 그 또한 자연스럽게 독일군의 포로가 될 수밖에 없었다.

그 당시 나치 독일은 히틀러의 지시에 의해 대서양 장벽을 건설하고 있었다. 스페인에서 노르웨이에 이르는 3,600킬로미터 해안에 장벽을 쌓아 연합군의 상륙작전을 무력화시키고자 했던 것이다. 독일군의 포로가 된 그 역시 대서양 장벽 건설 현장에 투입되었다. 유라시아 대륙 동쪽 끝 한반도에 살던 소년이 서쪽 끝까지 흘러들어 가 대서양에서 불어오는 바람을 맞으며 노역을 하게 된 것이다. 그런데 1944년 6월, 연합군의 노르망디 상륙작전 성공으로 나치 독일은 패전국이 되고 말았다. 그래서 그는 또 다시 미군의 포로가 되었다. 까까머리 일본군 학도병으로 끌려가 소련과 독일을 거친 뒤, 결국은 미국에게 운명을 맡겨야 하는 처지가 되었다.

제2차 세계대전이 끝난 후 미국은 다행히 그에게 선택권을 주었다. 그는 5년 만에 처음으로 자신의 생각을 말할 수 있었다. 나아가 스스로의 의지와 판단에 따라 미국 육군에 소속된 군인이라는 신분을 가질 수 있었다.

극동군 사령부에 배속받은 그는 머지않아 만나게 될 부모 형제들의 얼굴과 고향 산천을 그리며 두근거리는 가슴을 애써 진정시켰다. 하지만 가족들보다 먼저 그를 기다리고 있는 것은 1950년 6월 25일 새벽에 터진 6·25 전쟁이었다. 근무지가 극동군 사령부 예하 부대였던 까닭에 그는 곧바로 6·25 전쟁에 투입되었다. 다행히 그의 보직은 정보와 통역이었다. 따라서 최전방 전선에서 방아쇠를 당기는 최악의 상황은 피할 수 있었다.

하지만 담당하고 있는 업무의 특성상 동족상잔의 비극을 누구보다 빨리, 누구보다 정확하게 파악할 수 있었다. 그는 속속 들어오는 전황 보고서를 정리하면서 진저리를 쳤다.

그리고 3년 후, 휴전협정과 함께 6·25 전쟁은 휴지기에 접어들었다. 그럼에도 불구하고 그는 전역을 포기했다. 고국으로 돌아가는 것보다 미군으로 남는 것이 유사시에 나라를 위해 보탬이 될 수 있을 것이라는 생각 때문이었다.

그는 그렇게 미국 군인으로 살다 세상을 떠났다. 그의 부음이 우리 한인들의 가슴을 아리게 했던 것은 그 자신의 삶 속에 우리 조국의 근현대사를 고스란히 투영하고 있었던 까닭이 아니었을까? 한편으로 생각해 보면 약 5년 동안 반전에 반전을 거듭했던 그분의 삶은 비슷한 시기에 태어나 또 다른 굴곡을 겪어야 했던 수많은 사람들에 비하면 행운아에 속할지도 모른다.

일본군 위안부로 끌려갔던 여성들은 차치하고서라도, 학도병이나 징용으로 징집된 청년들의 숫자 또한 일본의 공식적인 발표만 해도 100만 명에 이르고 있다. 게다가 그들 중 상당수가 전장이나 강제 노역장에서 목숨을 잃었다.

1953년 일본 정부가 공식적으로 발표한 조선인 학도병은 육군 186,980명과 해군 22,299명이었다. 물론 이 숫자는 징집이나 복무 근거가 남아 있는 사람들만을 집계한 것이었다. 실제로는 그보다 훨씬 더 많았을 것이라는 얘기다. 영문도 모른 채 하루아침에 교복에서 군복으로 갈아입게 된 조선인 학도병들은 하나같이 전선의 최전방에 배치되었다. 일본인들을 대신한 총알받이 역할이 그들의 임무였기 때문이었다.

그뿐만이 아니었다. 일본은 1939년부터 1945년까지 강제 징용으로 확보한 조선의 젊은이 72만 5천여 명을 끌고 갔다. 그중에서 34만 2천여 명은 탄광, 6만 7천여 명은 금속 광산, 10만 8천여 명은 동남아시아 군사기지 건설공사, 나머지는 군수품 공장 등에서 강제 노동에 시달려야 했다. 그들 중 상당수가 가혹한 노동과 굶주림, 질병과 구타 등으로 세상을 떠났다. 그리고 운이 좋아 탈출에 성공해 귀국한 몇몇 사람들을 제외한 대다수의 조선 사람들은 일본군이 후퇴할 때 현지에 버려지고 말았다.

최근에 이르러 일본의 징용 시설이 유네스코의 세계 문화유산 등재와 관련해 심사를 받으면서 국제적인 이슈가 되었다. 유네스코에 보낸 설명서에 명기된 '본인의 의사에 반해 동원되어, 가혹한 조건 아래서 강제로 노역한 수많은 한국인과 여타 국민이 있었다.(…there were a large number of Koreans and others who were brought against their will and forced to work under the harsh conditions…)'는 구절이 곧 강제 노동을 인정한 것은 아니라는 일본 정부 대변인 스가 요시히데 관방장관의 주장에 각국 언론이 발끈한 것이다.

경제대국 일본 정부의 대변인이 '복면을 하고 은행을 털기는 했지만, 은행 강도는 아니다.'는 식의 말도 되지 않는 논리로 국제사회를 우롱하려 든다는 것이었다.

이와 관련해 '전시포로연구회' 공동 대표로 활동하고 있는 우쓰미 아이코 일본 게이센여학원대 명예교수의 발언이 눈길을 끌고 있다. 우쓰미 교수는 '가해자인 일본이 역사적 사실을 인정하고 사죄의 의사를 확실히 해야 한다.'고 전제한 뒤, 유산 설명에 쓰인 단어가 '강제 노동(forced labor)'이냐 '의사에 반해 일했다(forced to work)'의 여부가 중요한 것이 아니라 '일본 정부가 한국 식민지배를 대등한 국가끼리의 합법적인 병합이라는 인식을 갖고 전혀 반성하지 않고 있다는 사실이 근본적인 문제'라고 목소리를 높인 것이다.

한편, 태평양 전쟁 당시 미국 내 일본인은 약 13만 명 정도였다. 이들 대부분은 하와이와 샌프란시스코, 그리고 로스앤젤레스에 모여 살고 있었다. 일본인 이민 1세대 약 4만 명에, 미국에서 태어나 자란 2세가 9만 명가량이었다.

그런 가운데 1941년 12월 7일, 일본이 미국의 진주만을 공습하는 사태가 벌어졌다. 일본 항공모함이 미국 하와이 주 오아후 섬의 진주만을 기습해 정박해 있던 미국 전함 5척과 200여 대의 항공기, 그리고 2,000여 명의 미군을 수장시켜 버린 것이다. 이에 미국 정부는 즉각적인 대일본 반격과 함께, 운용 가능한 모든 대중 매체를 동원해 국민들이 일본은 부정직하고 사악하며 열등한 민족이라는 이미지를 갖도록 선전했다.

그 결과, 대부분의 일본인들이 살고 있는 서부 지역에서 '일본계 미국인들이 선조의 고향 나라를 위해 음모를 꾸미고 있다.'는 소문과 함께 분노와 증오로 가득한 반일본 감정이 폭발하기 시작했다. 이에 루스벨트(Franklin D. Roosevelt) 대통령은 1942년 2월, 특정 군사지역에 살고 있는 민간인들을 격리시키는 포고령 9066을 발동했다. 하지만 이 포고령은 태평양 연안 7개 주에 살고 있는 일본계에게만 적용되었다.

그래서 일본계 미국인 10만여 명은 캘리포니아 내륙 깊숙한 황야와 사막 지대에 설치해 놓은 10여 개의 '재정착 수용소'에 강제로 격리되었다. 수용소는 철조망으로 둘러싸여 있었고, 무장 군인들이 삼엄한 경비를 하고 있었기 때문에 탈출은 아예 꿈도 꿀 수 없었다.

그렇게 3년이 흘렀고, 일본의 나가사키와 히로시마에 원폭이 투하되면서 일본의 무조건 항복으로 전쟁은 막을 내렸다. 그리고 재정착 수용소에 격리되어 있던 일본계 미국인들 역시 자유를 되찾을 수 있었다.

고국이 일으킨 전쟁 때문에 피해를 입은 미국계 일본인들의 배상청구운동은 제2차 세계대전이 끝난 직후부터 시작되었다. 이에 미국 의회는 1948년 난민청구법을 통과시켜 3,700만 달러를 배상금으로 책정했다. 또한 1976년에는 포드(Gerald Ford) 대통령이 포고령 9066을 철회하는 한편, 일본계 미국인들에게 공식적으로 사과를 했다. 그리고 미국 연방법원은 강제수용의 합헌성을 인정한 조항을 모두 삭제하기에 이르렀다.

최종적으로 1988년, 미국 연방의회는 생존해 있는 수용소 피해자 6만여 명에게 각각 2만 달러의 비과세 배상금을 지급하라는 법안을 통과시켰다. 이에 미국 정부는 1990년, 배상금과 함께 부시(George H. W. Bush) 대통령이 서명한 사과 편지를 피해자들에게 전달했다.

우리 민족이 일본의 식민통치를 받았던 35년 세월은 논외로 하더라도, 일본이 일으킨 태평양 전쟁 때문에 일본계 미국인이 입은 피해와, 일본군 위안부, 학도병, 징용 등 우리가 입은 피해는 비교조차 할 수 없을 정도다. 그럼에도 불구하고 사과나 배상 등 사후 처리는 정반대의 양상을 보이고 있다. 그 이유는 단 하나, 나라의 힘 때문이다. 우리가 더욱 강해져야 하는 까닭도 바로 거기에 있다.

아직은 부족함이 더 많은 우리의 현실

세계의 여러 나라들이 우리의 비약적인 성장을 부러워하고 있다. 우리나라의 성장이 눈부셨던 것 역시 부인할 수 없는 사실이다. 그럼에도 불구하고 우리는 아직 선진국이 아니다. 인구를 대비해 단순 수치로 비교해 보면 우리의 현재를 보다 명확하게 확인해 볼 수 있다.

오늘날 중국 인구 상위 5%의 경제력을 한화로 추산하면 약 100억 원을 상회한다고 한다. 중국 인구는 약 13억 5천만 명이다. 그러니까 남한 전체 인구보다 훨씬 더 많은 숫자인 6,750만 명의 경제력만 해도 그렇다는 얘기다. 거기에 나머지 95%를 합하게 되면…….

2016년 10월 국제통화기금(IMF)이 발표한 우리나라 국내총생산(GDP)은 약 1조 4,044억 달러로 세계 11위를 차지하고 있다. 하지만 일인당 국민 총소득은 2만 7,633 달러로 29위에 불과하다. 결과적으로 우리 국민들이 실제 벌어들여 쓸 수 있는 소득은 세계에서 29위 국가에 해당되는 셈이다.

겉으로 보여지는 국내총생산 수치가 조금 높아졌다고 해서, 끼니 걱정을 하지 않아도 될 만큼 상황이 호전되었다고 해서 으스댄다면 세상이 우리를 비웃는다.

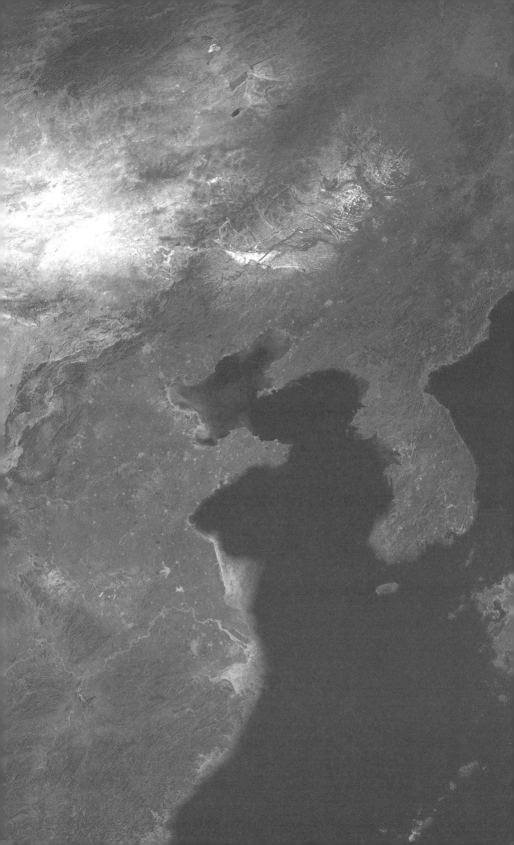

CHAPTER 03

어제와
오늘,
그리고
내일

풀뿌리 민주주의와
민주시민

 우리 민족은 5천 년이라는 유구한 역사를 자랑하고 있다. 그에 비해 미국의 역사는 250여 년에 불과하다. 하지만 역사의 깊이와 나라의 발전이 반드시 비례하는 것은 아니다.

1776년 미국이 독립을 선언할 당시, 한반도에서는 조선 왕조 22대 임금 정조가 보위에 올라 규장각을 설치하고 실학을 발전시키는 등 문화적 황금시대가 활짝 열렸다.

그로부터 1세기가 지난 1870년대에 미국은 남북전쟁의 후유증을 극복한 후 철도 건설 시대가 시작되었다. 그 당시 우리나라에서는 시아버지와 며느리인 흥선대원군과 명성황후의 권력투쟁이 치열했다. 그리고 또 100여 년이 흐른 1970년대에 이르러 미국에서는 빌 게이츠가 마이크로소프트사를, 스티브 잡스는 애플 컴퓨터를 창립했다. 그 즈음 대한민국에서는 유신헌법이 확정되었다.

나라의 발전이 역사와 비례하지 않은 것처럼 민주주의의 성숙도 역시 마찬가지다. 우리가 거듭 체험해 왔던 것처럼 어떤 위정자가 권력의 중심에 서느냐에 따라 뒷걸음칠 수도 있는 것이 민주화이기 때문이다.

민주주의의 사전적 풀이는 '나라의 주권이 국민에게 있고, 국민을 위해 정치를 행하는 제도나 그런 정치를 지향하는 사상'이다. 그렇다면 우리 국민들이 느끼는 민주주의 체감지수는 미국 국민들과 어느 정도 차이를 보이는지 자못 궁금해진다.

우리나라의 근현대사는 해방과 정부 수립, 그리고 4·19와 군사 독재 등 다양한 부침을 거듭해 왔다. 그런 가운데 1991년 지방자치제가 부활되면서 풀뿌리 민주주의라는 말이 사람들의 입에 오르내리기 시작했다. 풀뿌리 민주주의라는 말은 1935년 미국 공화당 전당대회 당시, 의회제도로 대표되는 간접민주주의와는 상반된 개념으로 'grass-roots democracy'라는 표현에 어원이 있다. 우리나라에서는 그 말을 직역해 '풀뿌리 민주주의'라고 했고, 그 의미 또한 원어가 뜻하는 바를 충분히 반영하고 있어서 널리 쓰이게 되었던 것이다.

한편 유럽에서는 옛 소련을 비롯한 동유럽 사회주의 국가들의 경우 이러한 사상이나 운동을 인정하지 않았다. 하지만 이에 대항한 폴란

드의 연대사상이 광범위한 민중 운동을 제창하면서 분위기가 반전되었다.

의회제에 의한 간접민주주의 정치 체계를 견제하는 시민운동이나 주민운동 등 국민 개개인이 직접 정치에 관여하는 방식을 참여민주주의라고 하는데, 풀뿌리 사상에 기초한 독일의 녹색당 등이 그러한 정신을 표방한 계통의 정당이라고 할 수 있다.

여하튼 길바닥에 널린 풀뿌리처럼 힘없는 시민들까지 보듬을 수 있는 정치, 또는 그와 같이 존재감이 드러나지 않는 사람들까지 참여할 수 있는 정치는 참다운 민주주의의 실현을 꿈꾸는 수많은 사람들의 소망이었다.

풀뿌리 민주주의의 핵심은 바로 거기에 있다. 상대적 약자이거나 소수의 의견이라 할지라도 보편타당한 내용이라면 적극적으로 수용해 정책에 반영하는 것이 곧 풀뿌리 민주주의인 것이다.

오늘날 거의 모든 나라에서 채택하고 있는 간접민주주의는 철저하게 다수결에 의해 실현된다. 아무리 유능한 사람도 상대 후보보다 더 많은 표를 얻지 못하면 의원이 될 수 없다. 나아가 아무리 좋은 정책도 많은 의석을 차지하고 있는 정당이 반대하면 국정에 반영되지 않는다.

다수의 의견을 존중하는 것은 민주주의 기본 원칙이다. 하지만 다수의 의견이 반드시 옳거나 정당한 것만은 아니다. 풀뿌리 민주주의는 이와 같은 간접민주주의의 단점을 보완하고자 하는 노력이 만들어 낸 결과물이다. 소수에 속한 사람도 그 나라 국민이며 그 지역 주민이

버지니아 지역 연방 상원의원이자 2016년 미 대선 부통령 후보인 팀 케인과 자리를 같이했다.

기 때문이다.

따라서 풀뿌리 민주주의는 소수와 다수 중에서 소수, 약자와 강자 중에서 약자, 그리고 주류가 아닌 비주류의 의견 반영을 전제로 하고 있다. 물론 그들의 의견은 보편타당해야 한다. 또한 진실과 정의를 근거로 다수, 혹은 주류를 설득할 수 있어야 한다.

그 대표적인 예가 2007년 미국 연방 하원이 개원 이래 처음 만장일치로 채택한 '일본군 위안부 사죄 결의안'과, 2014년 버지니아 주 의회를 통과한 '동해 병기 법안'이다. '일본군 위안부 사죄 결의안'이 제1차 풀뿌리 정치참여운동의 쾌거라면, '동해 병기 법안'은 제2차 풀뿌리 정치참여운동의 쾌거인 셈이다. 돌이켜 보건데, 이 안건들을 준비하고

에드 로이드 미 연방 하원 외교위원장. 그는 '독도'가 올바른 명칭이라고 발표했다. 역대 외교분과위원장들이 올바른 역사의식으로 정의의 선봉에 서 있는 것이 미국이 지닌 힘인지도 모른다.

추진하는 과정에서 통과될 것을 예상한 사람은 거의 없었다. 미국 사회에서 우리 한인은 절대 소수에다 절대 약자였기 때문이었다.

오늘날 미국의 인구는 3억 명을 훌쩍 넘고 있다. 그중 한인의 숫자는 약 220만 명에 불과하다. 하지만 전체 인구의 0.6%에 불과한 우리 한인들은 10여 년에 걸친 준비 끝에 '일본군 위안부 사죄 결의안'을 미국 연방 하원에서 만장일치로 통과시키는 기적을 이루어 냈다.

투표권을 가진 한국계 미국인들은 하루에도 몇 차례씩 지역 의원에게 전화를 하고 팩스를 보냈다. 또한 우리는 무려 16차례에 걸쳐 로비데이를 정해 미국 연방 의회 의사당 로비를 휩쓸었다. 처음에는 시큰둥한 반응을 보이던 의원들도 엄청난 숫자의 한인들이 몰려와 로비에

공을 들이자 고개를 절레절레 흔들었다. 우리는 그렇게 의원 보좌관과 의원들을 면담하고 설득했다. 이와 같은 한인들의 끈기와 노력이 없었다면 '일본군 위안부 결의안'은 처음부터 공론화되지 않았거나 기껏해야 두 차례 상정과 폐기 처분이 전부였을 것이다.

버지니아 주 의회를 통과한 '동해 병기 법안' 역시 마찬가지였다. 버지니아 전체 주민 숫자는 약 800만 명에 이른다. 하지만 버지니아에 거주하고 있는 한인은 15만 명 정도일 뿐이다. 기껏해야 2%에도 미치지 못하는 우리 한인들이 힘을 모아 '법안'을 통과시켰다.

우리나라의 경우만 해도 절대 다수 국민들의 지지를 받고 있는 민생 관련 법안도 통과가 되지 않거나 회기를 넘겨 폐기된 예가 헤아릴 수 없이 많다. 하물며 '동해 병기 법안'은 버지니아 주민들의 삶과 아무런 상관이 없는 안건이었다. 그런 까닭에 한인들마저 그 법안이 통과된다고 해서 무엇이 달라지겠냐며 볼멘소리를 하는 사람이 적지 않았다. 그러다 보니 맨 처음 '동해 표기 추진위원회'를 결성하고 청원서를 제출할 때까지만 해도 주 의회 의원들은 눈길조차 주지 않았다.

하지만 4년 후 '동해 병기 법안'은 보란 듯이, 압도적인 표 차이로 버지니아 주 의회를 통과했다. 역사의 오류를 바로잡으려는 우리의 노력이 통한 것이었다. 비록 한인들의 숫자가 많지는 않지만 우리의 청원이 인류가 추구해야 하는 보편적인 가치 기준에 합당한 것이었기 때문에 의원들의 마음을 얻을 수 있었던 것이다.

풀뿌리 민주주의는 다른 사람의 이야기가 아니다. 내 생각이 옳다면, 그것이 보편타당한 내용이라면 당당하게 주장할 권리가 있다. 그것을 실현시켜 주는 것이 바로 풀뿌리 민주주의다.

우리나라도 이제 다민족 국가가 되어 가고 있다. 농어촌은 이미 상당수가 다문화 가정이다. 앞으로 10년, 혹은 20여 년이 흐르면 우리의 농어촌은 다문화 가정에서 태어난 청년들이 이끌어 나갈 수밖에 없다. 그때가 되면 오늘날과는 또 다른 다양한 목소리가 나올 것이다.

우리는 유감스럽게도 단일민족이라는 우리 민족의 특성을 마치 훈장처럼 자랑스러워하는 경향이 매우 짙다. 그래서 지극히 배타적이다. 지리적으로는 가장 가까운 곳에 있으면서도 화교가 가장 정착하기 어려운 곳이 우리나라였다. 또한 세계에서 유일하게 유대인이 정착하지 못한 곳 또한 대한민국이다.

동남아에서 온 노동자들에 대한 편견은 어제오늘의 일이 아니다. 단일민족의 후손이라며 으스대면서 고국을 찾아 중국에서 건너온 조선족 동포나 목숨을 걸고 탈북을 감행한 형제들을 얕잡아 보고 있는 사람들이 바로 우리다.

미국 연방 의회와 버지니아 주 의회가 불과 몇 명 되지 않은 한인들의 목소리에 귀를 기울여 주었던 것처럼, 우리도 이제 상대적 약자나 소수자들을 보듬어 안아야 한다. 그것이 민주시민의 올바른 자세다. 풀뿌리 민주주의는 올바른 시민의식에서부터 시작된다.

우리나라는 언제 강대국이었는가?

홍일송의
한 뼘 더 깊이
생각해 보기

역사적으로 살펴보면 우리나라는 혈통적 다양성을 인정하고 다양한 의견을 수렴했으며, 두루 개방적이었을 때 국력이 가장 흥성했다. 대륙의 한나라와 자웅을 겨루며 동북아시아를 호령했던 고구려는 거란·선비·오환·말갈·부여·예·맥 등 다양한 민족이 함께 어우러졌던 다민족 국가였다. 당나라의 강력한 상대국이었던 해동성국 발해 역시 지배계층은 고구려의 후예인 한민족이었지만 대부분의 백성들은 말갈족이었다.

한 뼘만 더 깊이 생각해 보자. 이 세상에 순수한 단일민족이 어떻게 존재할 수 있겠는가? 이제 우리나라도 머지않아 국민의 구성원 상당수가 베트남계 한국인, 네팔계 한국인, 필리핀계 한국인 등 다양한 혈통들로 채워질 것이다.

단일민족의 후예라는 자긍심은 간직하되, 민족적 우월주의에 빠진 배타적인 사고는 하루빨리 버려야 할 일이다.

대한민국은
아직
선진국이 아님을

 서로 일을 거들어 품을 지고 갚는 협동 노동의 한 형식인 품앗이, 여럿이 힘을 모아 농사나 길쌈을 하는 두레, 그리고 마을 사람들끼리 서로 도우며 살자는 약속 향약……. 언젠가부터 이 낱말들은 굳이 사전을 찾거나 역사책을 뒤져야 볼 수 있는 단어가 되어 버렸다.

하지만 나라의 제반 살림이 농업에 의해 크게 좌우되었던 40~50년 전까지만 해도 우리의 농촌 생활에서 없어서는 안 될 만큼 커다란 몫을 차지하고 있었던 풍속이다. 우리 조상들은 누구의 가르침도 받지 않았지만, 세상이란 혼자보다는 여럿이 힘을 모아 살아가는 것이 바람직하다는 사실을 일찌감치 깨달아 실천에 옮기고 있었던 것이다.

'인간은 사회적인 동물이다.' 고대 그리스의 철학자 아리스토텔레스가 주장했다는 이 말은 어렸을 때부터 익히 들어왔던 익숙한 문구다. 여기에서 규정하고 있는 것처럼 모든 인간은 제각각 개인으로 존재하고 있지만, 각각의 개인은 수많은 타인과 끊임없는 관계를 이어 가며 살아갈 수밖에 없다. 사회를 떠난 절대적 개인은 존재할 수 없다는 말이다.

혼자서 살아갈 수 없는 것이 세상이라는 사실을 모르는 사람은 없다. 그럼에도 불구하고 모든 인간은 다수의 타인들과 관계 속에서 자신의 이익을 최대화하려는 본성을 갖고 있다. 이러한 성향은 자신과 직·간접적으로 얽히고설킨 다수, 즉 사회와 원만한 관계를 유지하는 데 결정적인 장애가 된다. 모두가 자신의 이익을 추구하고 있기 때문에, 개인의 목표와 사회의 안녕이 정면으로 맞부딪치는 것이다. 그래서 법이나 규범 등 개인의 행동을 제한하는 제도적인 장치가 생겨나게 되었다. 너 나 할 것 없이 자신의 이익을 위해 다른 사람에

우리 조상들에게는 작은 일도 함께하는 미덕이 있었다. 그림은 18세기 후반 단원 김홍도가 그린 〈타작〉

게 해를 끼치면 공공의 질서가 파괴되는 결과를 초래하기 때문이다.

우리 조상들은 여기에 품앗이나 두레, 향약 등을 더했다. 구성원 스스로 약속을 만들어 서로 간의 충돌을 최소화하면서, 효과적으로 건강한 사회를 유지시키는 지혜를 발휘했던 것이다.

한편, 봉건제의 붕괴와 함께 산업혁명이 시작된 서구에서는 '시민의식'이라는 새로운 개념의 사회 현상이 싹트기 시작했다. 당시의 시민의식이란 봉건제도를 타파하고 시민사회를 성립시킨 이념, 즉 귀족으로 대변되는 부르주아에 대한 노동자 계급의 프롤레타리아 의식을 말한다.

하지만 세월이 흐르면서 시민의식은 그 의미가 다양하게 확장되었다. 이를테면 사회를 구성하는 개인이 독립된 인간으로서 자신이 소속된 사회에 대해 책임을 다하고자 하는 자세까지 시민의식의 범주에 포함된 것이다. 더불어 권력에 대한 아첨과 비굴함에서 자신을 해방시키려는 의지와 자유롭고 평등한 개인의 입장에서 민주주의의 기본 원칙을 지지하는 태도 역시 시민의식의 한줄기가 되었다.

물론 이러한 의식의 밑바탕에는 부르주아에 대한 프롤레타리아 보호 정신이 짙게 깔려 있다. 이를테면 권력과 부, 그리고 힘이 약한 사람을 배려하는 정신을 기본으로 하고 있는 것이다. 그래서 한때는 남성에 비해 상대적 약자인 '여성을 어떻게 보호하는가'의 여부가 시민의식의 잣대였던 적도 있었다. 그 결과, 여성의 지위는 크게 향상되었고 급기야는 여성상위시대라는 말이 나오기에 이르렀다. 남성이라면 누구나 갖추어야 할 기본적인 매너인 '레이디퍼스트'라는 말의 의미도 시민의식이 발달하면서 크게 바뀌었다. '숙녀 먼저'라는 의미의 레이디퍼스트라는 말은 신사의 나라로 널리 알려진 영국에서 가장 먼저 쓰이기 시작했다.

중세 시대 영국 신사는 귀족에 준하는 신분에 훤칠한 외모 등 겉으로 드러나 보이는 조건이 완벽에 가까운 사람들이었다. 오늘날 우리 사회에서 회자되는 우스갯소리로 치자면 '금 수저를 입에 물고 태어났는데, 큰 키에 얼굴까지 잘생긴 남자'를 영국 신사라고 불렀던 것이다.

그런데 영국은 날씨가 좋지 않기로 유명한 나라다. 우중충한 날씨에 시도 때도 없이 비가 내려 길거리가 항상 흥건하게 젖어 있고는 했던 것이다. 따라서 지저분해진 신발과 바짓가랑이는 깔끔한 영국 신사의 체면을 가장 많이 손상시키는 부분이었다. 그래서 영국 신사들이 생각한 것이 레이디퍼스트였다. 동행한 여성을 마차에서 먼저 내리게 해 길거리가 어느 정도 진흙탕인지를 확인한 뒤, 자신은 길바닥 상태에 따른 응급조치를 함으로 해서 보다 청결한 신발과 바짓단을 유지했던 것이다.

또한 중세 유럽에서는 귀족들 간의 세력 다툼이 매우 치열했다. 서로 정략결혼으로 얽히고설켜 거의 모든 귀족이 핏줄로 연결되어 있다시피했는데, 그러다 보니 후대에 이르러 자신의 상속 지분을 높이기 위한 혈족들 간의 암투가 극에 달하게 되었다. 그중에서 가장 많이 쓰였던 수법이 경쟁자 독살이었다. 음식에 독을 넣어 상대방을 제거하려는 시도가 끊임없이 일어나고는 했던 것이다. 이에 중세 유럽 귀족들은 밥을 먹을 때마다 불안과 공포에 시달릴 수밖에 없었다. 그래서 떠올린 것이 레이디퍼스트였다. 영국 신사들이 여성을 마차에서 먼저 내리게 했던 것처럼, 유럽 귀족들 역시 여성들에게 먼저 음식을 먹게 해 안전이 확인되면 식사를 하기 시작했다.

이와 같이 불순한 의도가 가득했던 레이디퍼스트는 산업혁명과 함께 시민의식이 성장하면서 상대적으로 연약한 여성을 아끼고 보호하는 남성의 에티켓으로 자리 잡았다. 여성을 앞세워 자신을 보호하기 위한 수단이었던 레이디퍼스트가 남성의 배려와 품위를 가늠하는 잣대로 변모한 것이다.

그 이후 서양 사람들은 어려서부터 레이디퍼스트 교육을 받고, 또 그런 환경을 보고 들으면서 자란다. 따라서 동작 하나하나에 레이디퍼스트에 대한 배려가 스며들어 있기 때문에 매우 자연스럽다. 그러다 보니 'Left hand lady is not a lady' 즉 '왼쪽에 서 있는 여성은 숙녀가 아니다.'라는 속담이 생겨날 정도가 되었다. 남성은 항상 상대적으로 힘이 강한 오른쪽에 여성을 두어 보호에 만전을 기하는 것이 예의라는 얘기다. 물론 차도와 인접해 있는 인도를 걸을 때는 방향에 관계없이 남성이 반드시 차도와 가까운 쪽에 서야 하지만 말이다.

그렇다고 해서 배려의 대상인 여성은 마음 내키는 대로 아무렇게나 행동해도 된다는 뜻은 아니다. 레이디퍼스트라는 개념 속에는 여성 자신도 남성이 대우해 준 것과 같은 에티켓을 지키며 행동해야 한다는 것이 담겨 있다. 결코 오만하지 않고 언제나 우아하고 아름답게 행동할 것을 요구하고 있는 것이다.

불과 얼마 전까지만 해도 우리는 부자 나라가 곧 선진국이라고 생각했다. 물론 우리가 가난했을 적 이야기다. 그 시절에 비하면 우리는 지금 수십 배 이상의 부자 나라가 되었다. 그 당시의 논리대로라면 오늘의 대한민국은 선진국이어야 한다. 제2차 세계대전 이후 세계에서 가장 가난한 나라였다가 경제력 10위권으로 진입한 기적을 이룬 데다, 원조를 받는 나라에서 원조를 해 주는 최초의 나라가 된 것이 곧 대한민국이기 때문이다.

하지만 우리는 선진국이 아니다. 우리는 솔직히 그러한 사실을 인정하고 있다. 배고픔에서 벗어나 보니 선진국이란 성숙한 시민의식이 보편화되어 건강한 사회를 영위하고 있는 나라라는 사실을 알게 된 것이다.

시민의식의 핵심은 배려다. 나보다 조금이라도 더 약한 사람을 보호하려는 마음 씀씀이다. 그런데 우리의 몸에는 아직 그런 습관이 스며들지 않았다. 우리 민족이 따뜻한 마음을 갖고 있지 않아서가 아니다. 오히려 그 반대에 가깝다.

민족의 할아버지 단군왕검은 나라를 세우면서 '건국이념'을 홍익인간으로 정했다. 널리 인간을 이롭게 하는 데 목표를 둔 것이다. 나아가 홍익인간은 우리 민족의 사상적 뿌리가 되었다. 모든 사람은 최고의 가치를 지닌 존재로, 누구나 존중받아 마땅하다는 생각이 5천

년 세월 동안 대를 이어 전해져 왔다. 예수 그리스도나 석가모니가 태어나기 2천 5백 년에서 3천 년 전부터 홍익인간 사상은 존재했던 것이다.

그런 까닭에 중국인들은 아주 오랜 옛날부터 우리나라를 동방예의지국이라고 부르며 예의에 밝은 민족이라고 평가했다. 심지어 동양사상의 정신적 지주라고 할 수 있는 공자마저도 '자신의 소원은 뗏목이라도 타고 동방예의지국으로 건너가 예의를 배우는 것'이라고 말할 정도였다.

이처럼 우리의 핏속에는 그 어떤 민족보다 더 예의를 중시하는 마음가짐, 즉 시민의식이 흐르고 있다. 다만 일제 강점기와 6·25 전쟁, 그리고 급격한 산업화를 겪는 과정에서 잠시 혼란스러워하고 있는 것뿐이다.

우리 민족이 지나온 한 세기를 돌이켜보면 말 그대로 혼돈의 연속이었다. 조선 왕조의 몰락과 함께 나라를 잃었고, 해방과 동시에 분단국이 되었으며, 생각조차 하기 힘든 동족상잔의 비극까지 겪어야만 했다.

그리고 우리는 다시 시작했다. 폐허로 변해 버린 땅 위에서 인류 역사상 유래를 찾아볼 수 없을 만큼 비약적인 성장을 거듭했다. 그 밑바탕에는 주린 배를 움켜쥐며 자식들을 학교에 보냈던 뜨거운 교육열이 있었다.

하지만 20세기 전반기의 혼란과 후반기에 맞이한 갑작스러운 산업화는 우리 사회에 커다란 그늘을 만들고 말았다. 산업 발전에 이바지할 유능한 인재로 성장한 사람들은 많았지만, 한 걸음 더 나아가 주변을 두루 살피며 배려를 실천하는 진정한 지도자로 우뚝 선 사람은 거의 없었던 것이다.

한편, 급격한 경제성장과 지도력 부재는 사회 전반에 퍼지기 시작한 개인주의의 단점을 극대화시켰다. 공동체주의에서는 맛볼 수 없었던 해방감은 인간 소외를 낳았고, 자유는 방종을 불러왔으며, 개인의 주관과 신념은 이기심으로 변질되었다. 게다가 공동체에서의 동질성은 사라지고 배타성만 남았고, 공동체에 대해 책임을 지는 사람이 없는 대신 약자에게 희생을 요구했으며, 그러다 보니 공동체가 주는 안정성은 수동성으로 전락하고 말았다.

우리에게 다가온 개인주의가 서로 다를 수 있음을 인정하는 다원주의와 결합한 것이 아니라, 인간의 다양성을 일정한 틀에 넣어 규격화하고 동질화하려는 획일주의와 결합하는 바람에 개인주의와 공동체주의의 단점만 드러나게 되었던 것이다. 일등 지상주의가 만연한 사회, 꼼수를 쓰더라도 일등만 하면 박수를 받는 사회에서는 약자에 대한 배려를 기대할 수 없다. 소위 왕따라고 불리는 집단 따돌림 현상이 초등학교에서부터 시작되고 있는 현실이 바로 그 증거다.

이제 우리 민족 구성원들의 몸속에 흐르고 있는 '홍익인간'의 정신을 되살려야 할 때가 되었다. 그러기 위해서는 바뀌어야 한다. 혼란스러웠던 지난 한 세기를 냉철하게 되돌아보면서 뼈를 깎는 노력을 경주

해야 한다. 우리가 살고 있는 이 사회에 대한 책임은 구성원인 우리 자신, 우리 모두에게 있다. 변화는 내가 바뀌면서 시작된다. 생각을 바꾸면 행동이 바뀐다. 행동이 바뀌면 주변 반응도 바뀐다. 올바른 시민의식과 행동양식은 그렇게 자리 잡아간다.

다음은 우리가 선진국이라고 여기는 나라의 보통 사람들이 지닌 생활양식으로, 각계각층의 의견을 폭넓게 수렴해 정리해 놓은 것이다. 각각의 항목을 주의 깊게 살펴볼 필요가 있다.

미국
자신의 주관과 신념을 갖고 있다.
사회적 약자를 돕는다.
부정과 불법에 강력히 저항한다.
정기적으로 받아 보는 비평지가 있다.

프랑스
외국어를 하나 이상 구사할 수 있다.
직접 즐기는 스포츠와 악기가 있다.
자신 있게 대접할 수 있는 요리가 있다.
부정과 불법을 단호하게 배격한다.
약자를 도우며 봉사활동을 꾸준히 한다.

영국

페어플레이가 습관화되어 있다.

자신의 주관과 신념이 확고하다.

독선적으로 행동하지 않는다.

약자를 돕고 강자에 대항한다.

불의와 불법에 의연하게 대처한다.

우리가 생각하는 중산층은 어떤 사람들인가?

어떤 연구소에서 우리나라 직장인들을 상대로 설문조사를 했다. 그들이 생각하는 우리나라의 중산층을 알아보기 위한 설문조사였는데, 그 결과는 다음과 같다.

- 부채 없는 **30평** 이상의 아파트를 소유하고 있다.
- 배기량 **2,000cc**가 넘는 자동차를 타고 다닌다.
- 통장에 **1억 원** 이상의 예금 잔고가 있다.
- 월 소득 **500만 원** 이상이다.
- **1년에 1회** 이상 해외여행을 한다.

나는 상당한 충격을 받았다. 그런데 한 뼘 더 깊이 생각해 보니 고개가 갸웃거려졌다. 설문조사 당시 어떤 의도가 있던 것은 아니었을까? 그래서 집계된 내용의 결과는 아닐까? 사실이 어떠하든 그렇게 믿고 싶다.

말과 행동,
그리고
실천한다는 것

 우리 가족이 미국에 도착해 자리를
잡아가기 시작할 무렵, 버지니아 지역 주민들 사이에서 결코 달갑지
않은 이야기가 널리 떠돈 적이 있었다. '한국인 셋이 모이면 대기업을
꿈꾸지만, 일본인 셋이 모이면 구멍가게를 연다.'는 것이었다.

그 이야기를 처음 들었을 때 나는 돈이 되는 일이라면 무엇이라도
하는 일본인들을 비하하는 말인 줄 알았다. 그렇게 악착같음에도 불
구하고 기껏해야 구멍가게를 하면서 살아갈 수밖에 없는 사람들이 곧
일본인이라는 말로 이해했던 것이다.

하지만 아니었다. 그 이야기는 우리 한인들이 갖고 있는 허세를 정
확하게 지적하는 한편, 일본인들의 철두철미한 성격과 실천력을 은근

히 칭찬하고 있었다.

어느 날 저녁, 허름한 술집에 한국인 세 사람이 모여 앞날을 설계한다. 의기가 투합한 셋은 각자 투자할 자본금을 정하고 역할 분담에 대한 의견을 정리한 뒤 호기롭게 건배를 한다.

"우리의 미래를 위하여!"

그리고 잠시 후, 그렇게 탄생시킨 회사의 수익에 대한 이야기가 나온다. 아직 시작도 하지 않은 상태에서 한 달 매출과 일 년 매출을 가늠해 본다. 그리고 다시 한 번 건배를 한다.

"회사의 번창을 위하여!"

그러다 보면 회사는 어느새 중견기업으로 성장해 있다. 세 사람은 회사 확장과 함께 대외 공신력을 높이기 위해 명망 높은 인사를 전문경영인으로 영입한다. 물론 그들은 자신이 맡은 분야의 최고 책임자로, 실질적인 절대 권한을 갖고 있다.

기분이 좋아진 세 사람의 잔이 허공에서 부딪친다.

"세계 경제를 위하여!"

그렇게 건배를 나누다 보면 회사는 어느새 대기업이 되어 있다. 반면에 새로운 일의 시작을 계획하고 있는 세 사람의 혀는 시간이 흐를수록 꼬여 가고 있다.

그럼에도 불구하고 또 잔을 치켜든다.

"인류의 영원한 평화를 위하여!"

자신들의 미래부터 인류의 평화를 위하기까지 수많은 건배를 나누었건만, 이튿날 아침 약속 장소에 모습을 드러낸 사람은 아무도 없다. 그러고 나서 책임을 서로에게 떠넘기며 동업을 하면 망한다고 말한다.

하지만 일본사람들은 다르다. 일본인 셋이 모이면 취하도록 술을 마시지 않는다. 대단한 청사진을 꿈꾸거나 세계 평화를 위해 건배를 하지도 않는다. 하지만 며칠 후 자그마한 구멍가게를 계약한다. 그리고 10년이 지나면 모두들 하찮게 여겼던 그 구멍가게가 성장해 주변 상권을 주름잡는 대형 마트가 되어 있다.

한국인과 일본인의 차이는 바로 그런 점이다.

그 이야기를 들었을 때 나는 사회생활을 한 번도 경험해 본 적이 없는 고등학생 신분이었다. 따라서 별다른 느낌이나 감흥 없이 가볍게 흘려보내 버릴 수도 있는 상황이었다. 하지만 나는 적잖은 충격을 받았다. 그때 하필이면 근현대사 과목 숙제로 수많은 사람들의 존경을 받고 있는 마하트마 간디의 '망국론'에 대한 소고를 작성하는 중이었기 때문이었다.

인도의 민족운동 지도자이자 건국의 아버지라 불리는 마하트마 간디는 1930년대 조국 인도의 현실을 개탄하면서, '나라를 망치게 하는 치명적인 7가지 죄악'을 설파했다.

그 첫 번째 죄악은 '원칙 없는 정치'다. 정치란 모름지기 국민들을 위해 행해져야만 한다. 그런데 정치인이 스스로를 위하면 철학이나 소신

마하트마 간디는 1930년대 인도의 현실을 개탄하면서 '나라를 망치게 하는 치명적인 7가지 죄악'을 설파했다.

대신 이해관계만 존재하는 원칙 없는 정치를 하게 된다. 상황에 따라서 입장을 바꾸고, 입장에 따라서 정당을 바꾸는 정치인이 극단적인 상황에 직면하면 조국을 배신하고, 자신을 위해 나라를 팔아먹는 일에 앞장설 수 있다. 따라서 원칙 없는 정치는 가장 큰 죄악이다.

두 번째 죄악은 '도덕 없는 상업'이다. 사람이 장사를 하는 것은 돈을 벌기 위해서이다. 하지만 돈을 벌 때도 지켜야 할 윤리가 있고 사회에 대한 책무가 있다. 수단과 방법을 가리지 않는 장사는 도둑이나 강도와 다를 바가 없다. 그런 사람은 자신의 주머니 속을 채우기 위해 수많은 사람들에게 손해를 끼치는 일을 마다하지 않을 가능성이 매우 높으므로, 도덕성 없는 상업은 나라를 망하게 하는 죄악 중 두 번째에 해당한다고 할 수 있다.

세 번째 죄악은 '노동 없이 얻은 재산'이다. 스스로 땀을 흘려 모은 재산만이 가치와 떳떳함이 있다. 모든 사람이 땀을 흘려 돈을 모을 때 사회는 밝아진다. 사람이 재산을 늘리는 방법에는 세 가지가 있다. 그 하나는 자신의 노동력에 대한 대가를 받는 것이다. 또 하나는 회사를 설립해 직원들의 노동력을 기반으로 돈을 버는 방법이다. 그리고 마지막 하나는 돈이 돈을 키우는 것으로, 이자놀이나 부동산 임대업 등

이 이에 해당된다. 이 경우 사람은 가만히 있지만 돈은 하루 24시간, 1
년 365일 내내 끊임없이 돌고 돌아 재산을 불린다. 이와 함께 투기, 이
권, 탈세 등 부정한 방법으로 재산을 축적하는 사람이 늘어나면 나라
는 부패해질 수밖에 없다.

네 번째의 죄악은 '인격 없는 교육'이다. 참다운 교육은 가슴 따뜻한
사람을 키우는 일이다. 따라서 무엇을 어떻게 가르치고, 어떤 인간형
을 만들어 나가느냐 하는 투철한 이념이 있어야 한다. 사람의 인간됨
에 대한 가르침은 뒤로한 채 지식 전달에만 매진하는, 인격이 거세된
교육은 우리의 희망을 없애 버리는 일이다.

다섯 번째 죄악은 '인간성 없는 과학'이다. 과학은 인간의 행복한 생
활을 위해 존재한다. 따라서 모든 과학은 자연과 인간을 최우선에 두
어야 한다. 자연을 파괴하는 과학, 인간성을 훼손시키는 과학 개발은
인류를 멸망의 길로 이끌어 간다. 과학의 발전은 분명히 인간의 삶을
편하고 풍요롭게 해 주었다. 하지만 그로 인해 물은 썩어가고 공기는
오염되었으며, 급기야는 환경호르몬의 영향으로 갖가지 부작용이 일
어나고 있음을 명심할 필요가 있다.

여섯 번째 죄악은 '양심 없는 쾌락'이다. 쾌락이란 욕망을 충족시켰
을 때 느끼는 유쾌하고 즐거운 감정으로, 모든 사람들이 갖고 있는 본
성이다. 자신의 욕구 충족을 위해 남에게 피해를 입히는 일은 짐승들
이나 하는 일이다. 남녀 간의 육체관계 역시 마찬가지다. 사랑하는 사
람들끼리의 섹스는 충분히 아름다울 수 있다. 정신과 육체가 하나로

승화할 수 있기 때문이다. 하지만 육체적 쾌락을 추구하기 위한 성은 추하다. 정신적 결핍이 부조화를 낳고, 부조화 속의 쾌락은 상처를 남길 수밖에 없기 때문이다. 양심이 옅어지면 사회는 타락한다.

일곱 번째는 '희생 없는 신앙'이다. 신앙의 가장 큰 덕목은 자기희생이다. 하지만 말로는 희생의 미덕을 강조하면서 행동으로 옮기지 않는 신앙인들이 적지 않다. 자기희생 정신을 망각한 신앙은 오히려 정신을 병들게 한다.

마하트마 간디의 이와 같은 '나라를 망치게 하는 치명적인 7가지 죄악'이 그동안 계획해 놓고 실천하지 않았던 나 자신과의 여러 약속들과 함께 어우러져 '대기업을 꿈꾸는 한국인' 중 한 사람임을 확실하게 인식하게 함으로써 커다란 충격을 안겨 주었던 것이다.

우리 조국 한반도가 반으로 나뉜 지 70년이 지났다. 그동안 우리는 끊임없이 '우리의 소원은 통일, 꿈에도 소원은 통일, 통일이여 어서 오라, 통일이여 오라.'를 노래하면서 통일을 염원해 왔다. 하지만 정작 통일을 위해 내가 행동으로 옮긴 것은 무엇이 있는지, 가슴에 손을 얹고 반성해 볼 필요가 있다.

대한민국 국민은 지금 당장 북한으로 건너가 민둥산에 나무를 심어 줄 수 있는 처지가 아니다. 그러나 언제일는지는 모르지만 그럴 수 있는 날을 위해 정원에, 베란다 화분에 나무 한 그루 정도는 키울 수 있지 않을까? 나아가 그런 마음으로 통일을 노래한다면 그토록 원하던 통일이 조금 더 앞당겨지지 않을까 하는 생각을 해 본다.

내가 우리 민족을 위해 할 수 있는 일은?

나는 2010년부터 2014년까지 2년 임기의 버지니아 한인회 회장직을 재임해 4년 동안 수행했다. 많은 사람들이 그동안 보람 있었던 일로 '동해 병기 법안 통과'를 예상하지만 실상은 그보다 한국전 참전용사들을 위해 2011년부터 매년 두 차례 개최했던 '보은의 밤' 행사다.

동해 병기 법안은 앞으로도 얼마든지 추진이 가능한 일이지만, 6·25 전쟁 당시 죽음을 무릅쓰고 참전했던 용사들은 대부분이 팔순을 넘긴 노인이 되어 감사의 마음을 전할 기회가 많지 않을 것이기 때문이다.

나는 이제 미주를 비롯한 재외 동포들의 힘을 모아 북한의 벌거숭이산에 나무심기운동 추진과 함께, 750만 재외 동포들의 조국 통일을 위한 구체적인 실천방안 찾기에 주력할 예정이다.

통일은 문화융성을 기초로 하는 부강한 나라를 만들고 동아시아의 평화를 위한 필수과제다. 같은 한민족임에도 북쪽에 태어난 이유 하나로 인권이 유린되고 굶주림에 허덕이는 것을 보고 방관하는 것은 어떠한 이유로든 공범이다.

우리 음식과
슬로푸드,
그리고 패스트푸드

 미국의 수도인 워싱턴 D.C.는 가끔
폭설과 한파 때문에 곤욕을 치르고는 한다. 정치·경제·사회 등 모
든 분야에서 세계 제일이라는 나라 미국도 첨단 과학기술이 최고조
에 이른 오늘날까지 자연의 엄청난 위력 앞에서는 속수무책인 경우
가 있다.

우리 가족이 미국에 도착하고 나서 몇 해 지나지 않은 어느 겨울날,
그때 워싱턴 D.C.는 폭설이 내려 도시 기능이 거의 마비되고 말았다.
보통 남자의 허리 높이까지 쌓인 눈 때문에 차량 통행은 물론, 이웃의
안부조차 확인할 수 없을 정도였다.

그날 오후, 나는 창가에 서서 하염없이 쏟아지는 함박눈을 바라보

고 있었다. 눈 때문에 집안에 꼼짝없이 갇힌 채 하루 종일을 견디다 보니 답답증에 온몸이 근질거렸던 것이다. 한참 동안 창밖을 바라보고 있던 나는 고개를 갸웃거렸다. 덩치가 건장한 흑인 청년 세 명이 출입문에 닫힘 표시가 걸려 있는 큰길 건너편 마켓을 향해 쌓인 눈을 헤치며 다가가고 있었기 때문이었다.

그리고 잠시 후 나는 놀라운 광경을 보게 되었다. 야구방망이를 휘둘러 단번에 마켓 출입구 자물쇠를 날려 버린 그들은 곧 자질구레한 먹을거리를 봉지에 담기 시작했다. 그 순간 내 머릿속에 떠오른 것은 전화였다. 하지만 나는 경찰서에 신고 전화를 걸기 위해 방을 나설 필요가 없었다. 누구의 연락을 받았는지 알 수 없지만, 제복을 입은 경찰관 네 명이 두 명씩 짝을 이루어 사건 현장으로 다가서고 있었기 때문이었다.

그런데 문제는 속도였다. 눈이 워낙 많이 쌓여 있었기 때문에 경찰들은 완전히 거북이 걸음이었고, 그 사이 봉지를 가득 채운 청년들은 유유히 마켓을 벗어나고 있었다. 경찰들은 눈앞에서 멀어져 가는 마켓 털이범들을 멀뚱하니 바라보고 있을 뿐이었다.

집 바로 건너편에 있었기 때문에 그 마켓은 나도 종종 들르곤 하던 곳이었다. 우리나라로 치면 빵집을 겸한 작은 구멍가게 수준의 상점이었다. 따라서 청년들이 훔쳐간 물건을 셈하면 아무리 많아도 100달러가 넘지 않을 것이라는 생각이 들었다.

'하지만 그들이 잡힌다면?'

세 청년이 경찰에 체포되었을 경우 상당히 무거운 벌을 받을 것이었다. 절도에 기물파손죄가 더해져, 자신들이 훔친 물건 값 100달러의 수백 배에 달하는 대가를 치르게 될 게 뻔했다. 그럼에도 불구하고 청년들은 마켓의 출입문을 부수고 물건을 훔쳐 달아났다. 그것도 경찰 여러 명이 눈밭을 헤치며 자신들을 향해 다가오는 바로 코앞에서 훔친 물건을 들고 사라져 갔다.

태어나서 처음으로 범죄 현장을 직접 목격한 충격은 좀처럼 가시지 않았다. 나아가 그 청년들의 무모한 행동을 도무지 이해할 수 없었다. 장발장을 흉내 낼 만큼 나이 어린 철부지 소년들이 아니어서 더더욱 그랬다.

하지만 그로부터 한참의 세월이 흐른 뒤 나는 비로소 고개를 끄덕일 수 있었다. 그 당시 청년들의 범죄 행위에 대한 이해가 아니라 그럴 수밖에 없었던 상황을 유추할 수 있게 되었던 것이다.

문제는 일용할 양식에 있었다. 우리는 가을에 추수를 해 방아를 찧어 겨우내 먹을 쌀을 곳간에 보관해 놓는다. 나아가 김장을 해서 김치와 깍두기 등을 비롯한 여러 가지 부식을 넉넉하게 담아 저장해 둔다. 거기에 소금으로 절여 발효시킨 다양한 젓갈도 빼놓을 수 없다. 따라서 우리는 눈이 허리가 아닌 머리꼭대기까지 쌓인다 해도 반년은 너끈하게 버틸 수 있다. 겨울철 구황작물인 고구마까지 수확해 놓았으므로 웬만해서는 굶주림을 걱정할 필요가 없는 것이다.

하지만 그들은 다르다. 날마다 빵을 구워야 하고 아침마다 신선한 우유와 야채가 필요하다. 특히 그날 벌어 그날 먹고 살아갈 수밖에 없는 빈민층의 경우, 예기치 않은 자연재해로 며칠 동안 일을 하지 못하면 음식 살 돈이 바닥나고 만다. 배는 고픈데 냉장고는 텅텅 비어 있다. 보관해 놓은 식재료가 없기 때문이다. 백주 대낮에 마켓을 털어 달아났던 청년들의 범죄는 십중팔구 그런 상황에서 벌어졌을 가능성이 높았을 것이라는 생각이 들었다.

내가 그런 생각을 하게 된 것은 우리나라의 역사와 문화에 관심을 갖기 시작한 이후의 일이었다. 그러니까 대학 재학 시절, 내 인생의 진로를 결정해야 하는 중요한 순간이었다. 나아가 그 시기는 중학교를 졸업하고 미국으로 건너와 몇 년간의 혼돈기를 거친 이후, 나 자신의 정체성을 찾고자 무던히 애썼던 즈음이기도 했다. 나 자신이 누구인지를 정확하게 알아야 내가 맡은 일도 해낼 수 있을 것이기 때문이었다.

여하튼 우리나라 역사 관련 자료를 정리하다 보니 수 · 당의 연이은 고구려 침략 전쟁이 무척 흥미로웠다. 나라의 흥망이 걸린 전쟁에 임하는 두 나라의 병력 편차가 지나치게 심했던 까닭이었다.

수나라와 당나라는 598년부터 668년 사이에 최소 30만 명에서 최대 130만 명에 이르는 엄청난 대군을 이끌고, 무려 일곱 차례에 걸쳐 고구려를 공격했다. 그러니까 후방 지원을 하는 보급부대를 합하면 고구려 전체 인구 4백만 명의 절반을 훌쩍 넘기는 엄청난 병력이 고구려를 공격해 온 것이다. 그에 반해 수나라와 당나라의 연이은 공격을 막아 낸 선봉장 역할을 했던 안시성의 총 인구는 약 10만 명 정도였다. 거기에서 어린이와 노약자를 제외한 절반이 전쟁에 나선다고 하더라도 운용 가능한 병력은 겨우 5만 명에 불과했다.

그런데 안시성은 어떻게 그 엄청난 대군을 막아낼 수 있었을까? 물론 수·당의 모든 병력이 안시성을 공격하기 위해 그곳에 집결한 것은 아니었다. 그리고 안시성이 지리적으로 험준한 요새에 자리하고 있었던 까닭도 크게 작용했을 것이다. 더불어 안시성 성주의 탁월한 지도력 역시 크게 작용했을 터였다.

하지만 그것만으로는 설명이 부족하다. 수나라와 당나라의 엄청난 대군이 안시성을 포위한 채 전쟁을 장기전으로 끌고 가면, 성 안에 갇힌 백성과 군사들은 결국 굶주리는 상황에 직면할 수밖에 없기 때문이다. 그와 같은 열악한 환경 속에서 안시성 사람들은 끝까지 버텼고, 수·당의 거듭된 공격을 매번 완벽에 가까운 승리로 매조지하고는 했다. 당시의 상황을 머릿속에 그려 보면서 나는 안시성이 그토록 끈질길 수 있었던 데는 우리 민족 고유의 발효 음식이 큰 몫을 했을 것이라는 생각을 하게 되었다. 만약 그 당시 안시

고구려 안시성 사람들이 당나라의 침입을 맞아 그토록 끈질기게 버틸 수 있었던 데는 우리 민족 고유의 발효 음식이 큰 몫을 했을 것이다.

성 백성들이 빵과 우유와 고기 위주의 식단을 주로 하는 사람들이었다면 절대로 버티지 못했을 터였다. 식량 부족으로 얼마 지나지 않아 백기를 들고 성문을 열 수밖에 없었을 것이라는 얘기다.

옛 전쟁은 적군과 직접 맞부딪쳐 싸움을 하는 것보다는 식량 보급이 얼마나 효과적으로 이루어지느냐에 따라 승패가 결정되고는 했다. 오늘날처럼 운송수단이 발달하지 않았던 탓에 보급이 원활하게 이루어지지 않으면 싸움을 할 수조차 없었다. 결국 식량 보급이 전쟁의 승패를 좌우했던 것이다.

그 대표적인 예가 살수대첩의 영웅 을지문덕 장군이 펼친 청야전술이다. 청야전술이란 적의 공격이 예상되는 지역 주변의 사람, 가축, 식량 등 모든 것을 남김없이 깨끗하게 치워 버리는 작전을 말한다.

요동 전투에서 큰 성과를 얻지 못한 수나라는 별동대 30만 명을 선발해 고구려의 수도를 직접 타격하려는 작전을 세웠다. 하지만 정보를 입수한 을지문덕 장군은 청야전술을 펼쳤다. 결국 속도를 내기 위해 적은 양의 식량만을 챙겨 출동했던 수나라 별동대 30만 명은 목표로 삼았던 고구려 도성에 닿기도 전에 굶주릴 수밖에 없었고, 을지문덕 장군은 세계 전쟁사에 길이 남을 살수대첩을 완성할 수 있었다.

어쨌든 우리는 수천 년에 걸쳐 숙성된 음식 위주의 식생활을 영위해 왔다. 수나라와 당나라와의 침략 전쟁 이전에도 그랬고, 이후에도 마찬가지였다. 하지만 우리의 식생활 문화는 20세기 후반에 이르러 커다란 전환점을 맞이하게 되었다. 산업화 및 경제성장과 함께 패스트푸드라는 새로운 형태의 먹을거리가 국내로 들어와 자리를 잡게 된 것이다.

나아가 패스트푸드는 '빨리빨리'로 대변되는 조급증과 만나 불과 20~30년 만에 전통적인 식생활 문화의 근간을 위협할 만큼 성장을 하게 되었다. 그래서 한때 김치 먹지 못하는 어린이가 갑자기 늘어나는 이상한 현상이 발생하기도 했다.

그런데 우리나라에 패스트푸드가 본격적으로 뿌리를 내릴 즈음, 유럽 시민 사회에서는 슬로푸드를 먹자는 캠페인이 자발적으로 발생했다. 자연 상태에서 생산해 사람의 손맛이 들어간 전통적인 방식으로 만든, 또는 자연적인 숙성과 발효과정을 거친 음식 먹기 운동이 시작된 것이다.

나아가 슬로푸드 운동은 곧 '느리게 살기' 운동과 결합했다. 도시에 살고 있는 전문직 고소득층을 대변했던 여피족(Yuppie, Young Urban Professional)의 성공을 위한 무조건적 질주보다, 다소 느리기는 하지만 주변을 두루 둘러보며 사는 더피족(Duppie, Depressed Urban Professional)의 삶에 매력을 느낀 사람들이 늘고 있기 때문에 가능한 현상이었다. 그렇다고 더피족의 느릿한 생활 방식이 게으름을 옹호하거나 경쟁을 회피하려는 의도를 갖고 있는 것은 아니었다. 오히려 '적당한 휴식은 집중력을 높이는 데 도움이 된다. 따라서 장기적인 측면에서 보면 결국 느림이 빠름을 앞서 나가게 되어 있다.'는 생각을 갖고 있는 사람들이 곧 더피족이기 때문이다.

패스트푸드는 전통적인 식생활 문화의 근간을 위협할 만큼 성장했지만 슬로푸드와 느리게 살기 운동의 확산 또한 만만치 않다.

그러니까 슬로푸드와 느리게 살기 운동은 급변하는 현대사회의 속도 지상주의에 대한 거부감을 드러낸 셈이었다. 그들은 또한 물질적인 부의 축적보다는 마음의 평화를, 직장보다는 가정에 무게 중심을 두었다. 그래서 느리지만 더 알차게 일하는 사람이 되자는 것이다.

프랑스의 철학자이자 인류학자인 피에르 쌍소(1928~2005)는 슬로푸드와 느리게 살기 운동에 대해 '배려를 동반한 느림은 부드럽고 우아한 삶의 방식으로, 각 개인에게 주어진 소중한 시간을 천천히 경건하게 느끼면서 살아가기 위한 노력'이라고 표현하며 찬사를 보낼 정도였다.

그렇다고 슬로푸드와 느리게 살기 운동을 하자고 주장하려는 것은 아니다. 빨리빨리와 느리게 살기, 또는 슬로푸드와 패스트푸드에 대한 선택은 순전히 개인의 몫이다. 따라서 자신의 성향에 맞는 삶의 방식과 음식을 선택하면 그만이다.

다만 우리도 이제 경제적인 측면에서는 세계 여러 나라 사람들이 부러워하는 수준에 도달했으니만큼, 우리가 오랜 세월 동안 해 왔던 것들에 대해 다시 한 번 생각해 보는 여유를 갖자는 얘기다.

우리의 건강을 좌우하는 음식도 그중 하나다. 숙성된 음식을 먹고 숙성된 생각과 행동을 하지 못하는 현실이 개탄스럽다.

슬로푸드에 의해 결정되었던 전쟁의 승패

1800년 초, 나폴레옹은 상금 1만 2천 프랑을 내걸고 전쟁 보급을 위한 발명품을 모집했다. 그래서 병조림이 탄생했다. 병 안에 음식을 넣은 뒤 밀봉해 휴대용 식량으로 사용하게 되면서부터 나폴레옹의 프랑스 군은 연전연승을 거듭했다.

이에 충격을 받은 영국은 병조림을 능가하는 새로운 식량 보존법을 개발했는데, 그것이 바로 통조림이었다. 모든 면에서 병조림보다 훨씬 더 편리한 통조림을 병사들의 휴대용 전투식량으로 지급하면서부터 전쟁의 승패 또한 이전과는 전혀 다른 양상을 보이기 시작했다.

하지만 전쟁의 승패가 보급에서 결정된다는 사실을 가상 극명하게 보여 준 예는 나폴레옹의 병조림보다 무려 600여 년이 앞선 몽골의 칭기즈 칸 부대였다. 칭기즈 칸은 몽골 초원을 호령했던 유목민 출신답게, 전쟁에 나서는 모든 병사들에게 말 다섯 마리와 잘 말린 육포를 지급했다. 따라서 몽골 병사들은 달리는 말 위에서 육포를 뜯어 먹으며 이동했기 때문에 상대가 방어하거나 도망칠 수 있는 시간적인 여유가 없었다. 칭기즈 칸이 인류 역사상 가장 넓은 영토를 차지할 수 있었던 주된 이유로 보급이 필요 없는 전쟁을 수행했기 때문이라는 데 이견을 다는 사람은 많지 않다.

서양에서 시작된 패스트푸드와 우리의 전통적인 슬로푸드. 어떤 것이 더 바람직한 식생활 방식인지 꼼꼼하게 따져 볼 일이다.

우리 문화 지킴이,
문화유산국민신탁

 1905년 11월 17일, 일본 왕의 특파대사 자격으로 대한제국에 파견된 이토 히로부미가 한반도에 주둔하고 있는 일본군 사령관 하세가와 및 여러 헌병들의 호위를 받으며 대한제국 각료들이 모인 어전회의장에 난입했다.

이토 히로부미는 그 자리에서 대한제국의 외교권을 포기하고 일본 통감부를 설치해 감독을 받는 등 실질적으로 국가의 주권을 포기해야 하는 을사늑약 체결에 찬성할 것을 강요했다. 건강이 좋지 않아 회의에 나오지 않은 고종황제를 대신해 서명을 하라는 것이었다. 이에 대한제국 9명의 대신 중 5명이 이토 히로부미가 내민 조약서에 서명했다. 외부대신 박제순, 내부대신 이지용, 군부대신 이근택, 학부대신

이완용, 농부대신 권중현 등이 바로 그들이었다. 사람들은 나라를 왜적에게 팔아먹은 그들을 을사오적이라고 불렀다.

나라의 주권을 일본에게 빼앗기게 되자 장지연은 '시일야방성대곡'으로 백성들의 분노에 불을 붙였고, 민영환과 조병세 등은 울분을 참지 못해 스스로 목숨을 끊어 을사오적에 대한 물리적 공격과 의병운동을 일으키는 도화선이 되었다. 하지만 이미 빼앗겨 버린 나라를 되찾기에 우리의 힘은 너무나 부족했다. 아니, 우리에게 힘이 있었더라면 애당초 나라를 빼앗기는 일은 일어나지도 않았을 터였다.

그 당시 미국의 수도 워싱턴 D.C.에는 대한제국이 자주국가임을 세계만방에 알리기 위해 고종황제가 1889년에 개설한 대한제국 공사관이 있었다. 하지만 우리의 주권을 일본에게 빼앗기면서 워싱턴의 공사관 역시 일본에게 강탈당하고 말았다.

우리는 그렇게 나라 없는 백성이 되었다. 그리고 35년이 흐른 뒤 외세의 도움을 받아 가까스로 독립을 하게 되었다. 하지만 우리를 기다리고 있는 것은 6·25 전쟁이라는 동족상잔의 비극이었다. 전쟁이 끝나자 남은 것이라고는 잿더미로 변한 폐허뿐이었다.

그 이후 지독한 가난과의 싸움이 시작되었다. 선조들의 흔적이 고스란히 남아 있는 문화유산을 챙기기보다 주린 배를 채우는 일이 훨씬 더 다급한 일이었다. 그래서 일본과 미국을 비롯해 해외로 유출되어 있는 우리 문화재 15만 6천여 점은 말할 것도 없고, 국내에 있는 문화재마저 제대로 관리하지 못하고 말았다.

1889년 워싱턴 D.C.에 세워진 주미 대한제국 공사관

    하지만 우리나라 대한민국은 이제 세계 10위권에 속하는 경제대국으로 성장하게 되었다. 그와 함께 자칫하면 영원히 잊혀질 뻔했던 우리의 문화와 역사 현장을 되찾기 위한 노력이 시작되었다. 그 대표적인 예가 대한제국 워싱턴 공사관 건물이다. 일본에게 속절없이 빼앗기고 말았던 워싱턴 공사관이 102년이라는 엄청난 세월을 훌쩍 뛰어넘어 2012년 8월, 우리 품으로 돌아오게 된 것이다. 수많은 우여곡절을 거쳐 되찾은 대한제국 워싱턴 공사관은 현재 워싱턴 D.C. 로건서클의 유서 깊은 옛집들과 함께 역사지구로 지정되어 관리되고 있다.

    사실 우리가 다시 매입한 워싱턴 공사관은 사연이 엄청나게 많은 건물이었다. 1889년 워싱턴 공사관을 개설한 고종황제는, 1891년 자신의 통치자금인 내탕금 2만 5천 달러를 내주며 건물을 아예 사들여 보다 편한 마음으로 왕성하게 활동하라는 어명을 내렸다. 그렇게 해서 워싱턴 D.C. 로건서클에 자리한 지하 1층, 지상 3층의 적갈색 건물은 대한제국 공사관이자 대한제국 소유가 되었다. 하지만 1910년 8월 29일, 경술국치와 함께 나라의 통치권이 완전히 일본으로 넘어가면서 단돈 5달러에 소유권을 일본에 빼앗기고 말았다.

그리고 우리가 매입하기 직전 소유권은 은퇴한 미국인 흑인 변호사 티모시 젠킨스에게 있었다. 미주 지역 한인들은 1990년대부터 그 건물을 사들이기 위해 모금 운동을 펼쳤다. 그 결과, 40만 달러 정도의 기금이 확보됐다. 하지만 그 정도의 금액으로는 엄두도 낼 수 없었다. 그 당시 시장 가격은 약 100만 달러 정도였는데, 건물 소유주인 티모시 젠킨스는 그 두 배가 넘는 200만 달러를 요구했다. 그는 변호사 출신답게 구한말 공사관 건물 전경, 공사관 집무실과 접견실 사진 사본을 갖추어 놓은 한편, 미주 한인 사회의 동향 파악은 물론 한국 내 신문에 보도된 기사를 스크랩해 보관하고 있을 정도였다.

결국 우리는 350만 달러에 워싱턴 공사관 건물을 매입했다. 티모시 젠킨스는 시장 가격보다 두 배나 더 많은 돈을 받았음에도 불구하고 무려 50만 달러나 깎아 주었다며 생색을 냈다. 당시의 상황이 시간을 끌수록 우리에게 불리한 방향으로 흐르고 있었던 것이다.

워싱턴 공사관 건물은 그런 곡절을 거쳐 우리 품으로 되돌아왔다. 문화유산국민신탁은 이와 같이 우리의 문화유산을 알고 찾고 가꾸는 일을 하고 있다. 개인 자격으로 혼자서 추진하기 어려운 우리의 문화유산 보존과 전승 등 다양한 일을 수많은 국민들의 힘을 모아 추진하고 있는 것이다.

국민신탁이란 수탁자인 국민신탁법인이 국민이나 기업, 단체 등 신탁자들로부터 기부, 또는 증여를 받거나 위탁받은 재산이나 회비 등을 활용해 보전 가치가 있는 문화유산을 취득함을 목적으로 하고 있다. 나아가 새로 취득한 문화유산을 효율적으로 관리하고 보존해 오늘날을 살아가고 있는 민족 구성원은 물론, 앞으로 이 땅의 주인이 될 후손들의 삶의 질을 높이기 위해 민간 차원의 활동을 하고 있다.

국민신탁운동의 시작은 19세기 후반 영국에 기원을 두고 있다. 변호사 로버트 헌터(Robert Hunter), 여류 사회활동가 옥타비아 힐(Octavia Hill), 목사 캐논 하드윅 론즐리(Canon Hardwicke Rawnsely) 등 세 사람이 뜻을 모아 영국의 역사적 유적이나 자연 경관이 아름다운 곳을 보존하기 위한 내셔널 트러스트(National Trust for Places of Historic Interest or Natural Beauty)를 결성하면서 시작되었다.

그 당시 영국의 현실은 산업혁명의 부작용으로 길이 보존되어야 할 문화재는 물론, 자연을 훼손하고 환경을 오염시키는 정도가 매우 심각했다. 이에 변호사였던 헌터가 자신의 전공을 살려 무분별한 개발이나 산업화에 떠밀려 사라질 위기에 처한 문화재 등의 소유권을 획득해 보호할 수 있는 법안을 발의했다. 자신들이 부주의했음을 깨달은 영국의회 역시 특별법으로 내셔널 트러스트 법안을 제정해 내셔널 트러스트에 힘을 실어 주었다. 나아가 1937년에는 내셔널 트러스트에게 훼손 가능성이 높은 자연이나 문화재 주변의 토지 사용을 제한할 수 있는 구속력을 부여하는 법안을 통과시키기도 했다.

맨 처음 세 명으로 시작해 100년 이상의 활동을 해 온 영국의 내셔널 트러스트는 현재 250여만 명에 이르는 회원을 확보하게 되었다. 나아가 22만 헥타르의 토지와 유서 깊은 성을 비롯한 300여 개의 건축물, 그리고 600킬로미터 이상의 아름다운 해안 등을 취득해 효과적인 관리와 보존을 위해 만전을 기하고 있다.

우리나라의 국민신탁운동은 역시 영국의 내셔널 트러스트와 같은 취지를 갖고 꾸준한 활동을 지속하고 있다. 하지만 문화유산국민신탁은 우리 조상들의 마을 공동체와 공동 재산의 원리가 뿌리이자 모태이다.

옛날부터 우리 조상들은 바닷가 마을 앞 어장이나 동네 사람 모두가

2012년 10월, 워싱턴 D.C. 내셔널프레스클럽에서 가진 주미 대한제국 공사관 매입 완료 서명식에 참여했다.

언제든 쉴 수 있는 정자 등을 마을 주민 모두의 재산으로 여겼다. 따라서 마을 사람들의 1년 양식을 좌지우지하는 대지주라 할지라도 어장이나 정자에 대한 소유권을 가질 수 없었다. 그것은 또한 마음대로 사거나 팔 수 있는 대상이 아니었다.

문화유산국민신탁은 우리 조상들이 동네 사람들의 공동 재산을 가졌던 것처럼 우리 국민 모두의 공동 재산 확보를 위해 애쓰고 있다. 지금 우리가 향유하고 있는 문화유산이나 자연환경은 우리 세대에게 주어진 소모품이 아니다. 지난 세대에게 물려받은 것이지만 다가올 세대에게 반드시 전해 주어야 할 자산이다. 앞 세대가 남겨 준 문화유산과 자연환경을 잘 관리하고 보존해 미래 세대에게 되돌려 줄 의무가 있는 것이다.

한편, 문화유산국민신탁은 우리의 문화유산과 자연환경을 보존하는 데 목적을 둔 보통 사람들의 자발적인 문화유산 관리 활동이라는 차원에서 시민운동과 유사한 성향을 갖고 있다. 나아가 신탁 재산을 관리하고 보존하는 데 필요한 경비 일부를 중앙정부나 지방자치단체에게 지원받을 수 있다는 측면으로 보면 사회운동의 성격과도 상통한다.

나는 현재 문화유산국민신탁 미주본부장직을 맡고 있다. 보다 더 많은 국민들이 적극적으로 국민신탁 운동에 참여해 국내는 물론, 우리가 어렵고 가난했던 시절 밀반출되어 해외에 흩어져 있는 소중한 우리 문화재를 모두 다 되찾을 수 있는 날이 하루 빨리 왔으면 하는 소망을 가져 본다.

어떤 나라가 우리 문화재를 얼마만큼 갖고 있을까?

문화재청 국립문화재연구소는 2010년 8월 현재 우리 문화재를 보유하고 있는 나라는 총 20개국으로, 모두 11만 6,896점이 곳곳이 분산되어 박물관이나 미술관, 또는 개인이 소장하고 있다고 밝혔다. 하지만 확인되지 않은 문화재까지 합하면 약 15만 6천 점으로 추정하고 있다. 이 가운데 일본이 6만 1,409점, 미국이 2만 8,297점을 보유하고 있어서 해외로 유출된 우리 문화재 77%가량을 두 나라가 갖고 있는 것으로 집계되었다. 그 이외에도 중국 7,939점, 영국 3,628점, 대만 2,850점, 러시아 2,693점, 독일 2,260점, 프랑스 2,093점을 갖고 있었다.

한편, 문화유산국민신탁은 문화계의 마당발이라는 별명으로 널리 알려진 김종규 회장(사진 오른쪽)이 이끌어 가고 있다. 2010년 제2대 이사장으로 취임해 현재에 이르고 있는데, 맨 처음 300명 정도에 불과했던 회원이 오늘날 1만 명을 넘고 있다. 보다 더 많은 국민들이 적극적으로 참여해 우리 문화재 찾기에 힘이 실리기를 기대해 본다.

CHAPTER 04

그래도
청춘이
아름다운
이유

까불지 마,
나이런
사람이야!

내가 미국으로 건너간 것은 중학교를 졸
업한 직후였다. 물론 그것은 내가 선택한 일이 아니었다. 부모님의 가
족 이민 결정에 따라 어쩔 수 없이 미국행 비행기에 몸을 실었던 것이
다. 한국에서 중학교를 다닐 때 나는 영어를 좋아하지 않았다. 성적이
다른 과목의 절반에도 미치지 못할 만큼 영어에 재미를 느끼지 못했다.
그런 내게 미국은 운명처럼 다가왔다. 영어라고 해 봐야 중학교 때 배웠
던 'I Am A Boy.'나 'You Are A Girl.' 정도밖에 몰랐던 내게 말이다.

　나는 그렇게 미국이라는 나라의 고등학생이 되었다. 어느 날 아침
눈을 뜨고 일어나 보니, 모두들 생김새도 다르고 말도 통하지 않는 엉
뚱한 나라의 학생이 되어 있었던 것이다. 그래도 명색이 미국 고등학

생인지라 머리를 박박 밀지는 않았지만, 나는 갓 시집온 새색시보다 훨씬 더 불쌍하고 처량한 신세였다. 말을 하지도 못했고, 들을 수도 없었으며, 두 눈으로 멀뚱하게 보고 있으면서도 이해할 수 없는 것 천지였다.

그런 나를 애처롭게 여긴 선생님들은 내 수업시간표를 확인한 뒤, 다음 수업이 있는 교실 문 앞까지 데려다주고는 했다. 그런 과정을 겪으며 일 년을 보내면서 나는 두 과목에 자신감을 갖게 되었다.

그중 한 과목은 수학이었다. 한국에서 중학교에 다닐 때부터 높은 점수를 받은 데다, 영어가 거의 소용없는 과목이었던 탓인지 학년이 끝날 즈음에는 학교 최고 레벨인 미적분 반에 편입되어 3학년 선배들과 함께 수업을 받게 되었다.

또 한 과목은 불어였다. 불어는 미국에서 태어나고 자란 친구들에게 역시 나와 같은 외국어였다. 다만 나는 영한사전에 더해 영불사전까지 찾아봐야 하는 번거로움이 있었지만, 그나마 같은 출발선에서 시작했기 때문에 좋은 성적을 낼 수 있었다.

그렇게 2학년이 된 나는 내로라하는 명문대학 입학을 꿈꾸었다. 명문대학에 진학하기 위해서는 네 가지 사항이 충족되어야 했다. 고등학교 내신 성적, SAT 성적, 선생님 추천서, 동아리 활동 이력이 필요했다. 앞으로 2년의 여유가 있으므로 내신이나 SAT 등 성적과 관련된 부분은 충분히 자신이 있었다. 다만 한 가지, 동아리 활동이 문제였다. 아직 옹알이 수준에 불과한 내 영어 실력 때문에, 내가 들어가 적극적으로 활동할 수 있는 동아리가 없었던 것이다.

고민을 거듭하던 나는 새로운 동아리를 만들기로 결심했다. 그래서 새로 만든 동아리 회장을 하면서 리더십을 발휘하다 보면 내가 원하는 결과를 얻을 수 있을 것이라는 생각을 한 것이었다.

그 당시 내게는 오직 두 명의 친구가 있었다. 한 명은 필리핀에서 온 친구인데 학교 축구선수로 활동하고 있었고, 다른 한 명은 엄연한 일본 영토인 오키나와 출신임에도 불구하고 일본을 극도로 싫어하는 오키나와 독립주의자 후손이었다. 그들의 이름은 공교롭게도 둘 다 존(John)이었고, 둘 다 아주 어렸을 때 미국으로 건너와 현지인과 전혀 다를 바가 없는, 말 그대로 본토 영어를 구사하는 친구들이었다.

그런데 이상하게 그 친구들하고는 말이 통했다. 학생과 선생님 등 학교 안에서 만날 수 있는 모든 사람들 중에서 어눌한 내 콩글리쉬를 완벽에 가까울 정도로 이해하는 이 또한 두 녀석이었다. 아무튼 내 계획을 들은 두 친구가 잠재적인 임원이 되기로 약속한 가운데, 동아리 담당 선생님을 찾아가 면담을 했다. 두 명의 존이 그 자리에 함께했음은 물론이다.

"무슨 일로 날 찾아왔지?"

"새로운 동아리를 하나 만들고 싶습니다."

"어지간한 동아리는 다 있을 텐데, 웬만하면 그중에서 마음에 드는 동아리 회원으로 들어가 활동을 하지 그러니?"

"무술 동아리를 만들려고 합니다."

"오, 그래? 네 수준은 회원들을 지도할 정도는 되니?"

"유단자입니다."

"그렇다면 가능하겠구나. 내 보기에 회원도 벌써 두 명이나 확보해 놓은 듯싶으니, 새 동아리 창립 요건은 갖추어진 셈이다. 1교시 마치고 쉬는 시간을 이용해 안내방송을 해 주마."

"감사합니다."

선생님 얘기대로 쉬는 시간이 되자 스피커에서 새 동아리 회원 모집 안내 방송이 흘러나왔다. 새로 만들어지는 무술 동아리 입회를 원하는 학생은 점심 식사 후 체육관으로 모이라는 내용이었다.

방송이 나간 뒤, 겉으로 내색은 하지 않았지만 나는 은근히 걱정이 되었다. 만약 체육관이 텅 비어 있다면 스스로 공개적인 망신을 자초하는 꼴이 될 것이기 때문이었다. 하지만 그런 내 걱정은 기우에 불과했다. 점심을 먹고 나서 체육관에 들어서는 순간 80~90여 명이, 그것도 모두 건장한 체격의 흑인 남학생들이 웅성거리고 있었던 것이다. 안도의 한숨을 내쉰 우리 셋은 곧 자기소개를 한 뒤, 앞으로 무술 동아리를 어떻게 운영해 나갈 것인지를 설명했다.

그러자 어떤 학생이 손을 번쩍 들더니 뭔가 질문을 했다. 나는 물론 그 내용을 정확하게 알아들을 수 없었다. 그 사이, 두 명의 존은 서로에게 뭔가를 미루기 시작했다. 그 모습을 보고서야 손을 든 친구가 무술 시범을 요구했고, 느닷없는 돌발 상황에 두 친구가 당혹스러워하고 있다는 사실을 짐작할 수 있었다.

내가 물었다.

"시범을 보여 달라는 거지?"

필리핀 존이 대답했다.

"응! 어떡하지?"

시범은 결국 내 몫일 수밖에 없었다. 동아리 회장이 되려면 그 정도 수고는 기꺼이 감당해야 한다고 생각했다. 게다가 유단자라는 자부심을 갖고 있는 나였다.

"걱정하지 마. 내가 할게!"

두 존의 얼굴이 환하게 밝아졌다.

"정말?"

내가 자리에서 일어났다. 그러자 질문을 했던 친구가 호기롭게 의자를 들고 앞으로 나와 그 위에 서더니, 자신의 머리 위에 들고 있던 사과를 올려놓는 것이었다. 가볍게 태극1장 품새 시범 정도를 생각했던 나는 눈앞이 캄캄했다. 미국에 도착한 이후 일 년 동안 태권도는커녕 공놀이 같은 운동마저 제대로 해 보지 못했기 때문이었다. 게다가 곧바로 시범을 보여야 했으므로 몸을 풀 여유조차 없었다. 아무리 생각해도 불가능한 일이었다. 하지만 분위기는 이미 뒷걸음을 칠 수 없는 상황으로 치닫고 있었다.

"보여 줘!"

"보여 줘!"

체육관에 모인 모든 아이들의 시선이 나에게 집중되었다. 내가 한

184

국을 떠나 미국 땅을 밟을 때 그랬던 것처럼, 내게는 선택할 권리가 없었다. 그러니 어쩔 수 없이 몸을 날려 발차기를 하는 수밖에……

도움닫기를 하면서 마음속으로 중얼거렸다.

'어차피 사과를 떨어뜨리기는 어려울 것이다. 그래도 날아차기의 진수를 보여 줘야 한다. 녀석은 일주일 정도 병원 신세를 져야 하겠지만, 빡! 소리가 나게 정통으로 가격하는 거야!'

나는 있는 힘을 다해 몸을 날렸다. 녀석의 운이 좋다면 가슴을 두 손으로 감싼 채 나뒹굴 테고, 내 운이 좋다면 그의 얼굴은 쌍코피로 범벅이 될 것이었다.

"야압!"

그런데 이상했다. 너무 긴장한 탓인지, 발끝에 아무런 느낌도 와 닿지 않았다. 게다가 체육관은 쥐죽은 듯 고요한 적막이 흘렀다.

나는 차마 뒤를 돌아볼 수 없었다. 사과가 깨지기는 고사하고, 녀석의 얼굴이나 가슴마저 가격하지 못했다면 더 이상 학교생활을 할 수가 없을 것만 같았다. 그런데 잠시 후 '타다닥!' 하는 소리가 들렸다. 박살이 난 사과조각들이 멀찌감치 체육관 바닥에 떨어지기 시작한 것이었다.

"와우!"

"원더풀!"

엄청난 함성과 함께 우레와 같은 박수가 쏟아졌다. 나는 어안이 벙벙할 수밖에 없었다. 내가 제대로 날아올라 멋진 발차기를 했는지, 아니면 공포심을 이기지 못한 녀석이 순간적으로 무릎을 살짝 구부렸는지는 알 수 없는 일이었다. 다만 확실한 한 가지는 그 이후 학교 안에서 내가 '부르스 리'로 불리게 되었다는 사실이었다.

거기까지는 모든 것이 좋았다. 운이 좋아 얻어걸렸든, 젖 먹던 힘까지 끌어올려 성공을 했든, 거기에서 멈췄어야 했다. 무술 동아리가 기대 이상의 회원을 확보해 맨 처음 계획했던 모든 것을 이룬 셈이기 때문이었다. 하지만 나는 거기에서 멈추지 않았다. 느닷없이 받게 된 스포트라이트에 우쭐해진 내 자만심은 이미 하늘을 찌르고 있었다. 나와 두 친구가 복도를 지나가면 장난을 멈춘 아이들이 모세의 기적처럼 양쪽으로 물러나 길을 터 주었다.

그러던 어느 날, 나는 임자를 만나고 말았다. 외나무다리에서 정면으로 맞닥뜨린 상대는 학교에서 소위 짱으로 불리는 삼총사였다. 그들도 우리처럼 셋이 한 묶음이 되어 움직이곤 하는 아이들이었던 것이다. 두 무리는 서로 길을 비켜 주지 않았다. 상대방을 노려보는 눈빛에서 불꽃이 튀기 시작했다. 이제 누가 먼저 선빵을 날려 기선을 제압하느냐만 남은 절체절명의 긴박한 상황이었다.

수업 시작을 알리는 벨소리가 울려 퍼진 것은 바로 그 순간이었다. 안도의 한숨을 내쉬며 교실로 돌아와 수업을 받기는 했지만, 선생님의 강의 내용이 머리에 들어올 리 없었다. 그리고 쉬는 시간이 되자마자 생각지도 않았던 정보가 속속 들어왔다.

그들은 모두 흑인이었는데, 특히 가운데 서 있던 다부진 친구는 독일에서 열린 세계주니어 복싱대회 라이트급 동메달리스트라고 했다. 그 말을 듣자마자 내 등줄기에서는 식은땀이 주르르 흘러내렸다. '하룻강아지 범 무서운 줄 모른다.'는 속담처럼, 우연히 성공한 발차기 한 번으로 기고만장하는 바람에 복싱 챔피언을 만나 자칫하면 박살이 날 뻔했던 것이다.

다행히 우리는 두 번 다시 부딪치지 않았다. 들리는 소문에 의하면 무술 동아리 신입회원 모집 때 그들 중 한 명이 체육관에 정탐을 왔던 모양이었다. 경황이 없던 터라 정확하게 기억할 수는 없지만, 어쩌면 의자를 들고 나와 그 위에 올라섰던 강단진 친구가 바로 그 주인공이었는지도 모른다는 생각이 들었다.

어쨌든 내 속 떨림에 대해서는 짐작조차 할 수 없었던 정탐꾼은 내 발차기의 위력에 혀를 내둘렀다고 했다. 또한 한차례 일촉즉발의 상황이 지난 뒤, 그들은 주먹보다 발의 위력이 서너 배는 더 강한 만큼 먼저 시비를 걸어 좋을 것이 없다는 결론을 내렸다는 후문이었다. 어찌 되었든 내게는 무척 다행스러운 일이었다. 게다가 이제 겨우 기본적인 품새를 익히고 있는 무술 동아리 회원들 역시 그들에게 먼저 시비를 걸 까닭이 없었다.

미국 도착 이후 일 년 반 만에 벌어졌던 그 사건은 내 가슴 깊은 곳에 또렷이 각인되었다. 나아가 그 경험은 언제 어디에서 어떤 모습으로 서 있든, 나 자신을 냉정하게 분석하고 판단할 수 있는 계기를 마련해 주었다.

나 자신을 안다는 것이 왜 중요한가?

현대를 자기 PR(Public Relation)시대라고 한다. 내가 어떤 사람인지 널리 알려야 불이익을 당하지 않는다는 것이다. 옳은 말이다. 내가 가진 능력은 10인데 남들이 5로 알고 있다면 손해를 볼 수밖에 없다.

그런데 한 뼘만 더 깊이 생각해 보자. 스스로 자신을 드러내 보이려 하다 보면 조금씩 부풀려지기 십상이다. 회를 거듭하면서 주변 사람들의 부추김까지 곁들여지면 급기야 스스로가 누구인지를 잃어버리는 치명적인 실수를 하게 된다. 우연히 얻어걸린 발차기 한 번으로 복싱 챔피언과 맞짱을 뜨려 했던 그 누구처럼…….

그럼에도 불구하고 자신을 드러내 보이고 싶다면 '너 자신을 알라'는 소크라테스의 외침을 가슴 깊이 되새기며 스스로를 냉정하게 되돌아볼 필요가 있다. 나아가 남을 험담하는 것은 내가 더 잘났다는 착각에서부터 시작한다는 사실을 명심하자.

포기하지 않으니
한줄기 빛이

 1984년 7월 4일이었다. 그때도 어김
없이 미국의 수도 워싱턴 D.C.에서는 한 해 행사 중에서 가장 성대한
독립 축하 퍼레이드가 열렸다. 그 당시 집과 학교, 아르바이트 일터밖
에 몰랐던 나는, 워싱턴 대한부인회의 일원으로 퍼레이드에 참여한
어머니를 보기 위해 행사장으로 향했다. 엄청난 규모, 화려한 차림새
등으로 거리를 가득 채운 시민들의 시선을 집중시킨 행렬이 퍼레이드
를 선도했다.

나는 기다렸다. 몇 날 며칠에 걸쳐 틈틈이 한복을 손질하던 어머니
의 눈빛에서 깊이를 짐작할 수 없는 간절함을 보았기 때문이었다. 나
는 또 기다렸다. 이번에는 요란한 율동과 현란한 춤사위로 뭇 사람들

의 흥을 돋는 가장행렬이 뒤를 따랐다. 그들이 지날 때마다 길가의 시민들도 몸을 들썩였고, 그 가운데 선 나는 여전히 기다리고 기다렸다.

그렇게 얼마나 시간이 흘렀을까? 한복을 차려입은 워싱턴 대한부인회가 모습을 드러낸 것은 행렬의 맨 끝자락이었다. 구경꾼들마저 절반 이상이 빠져나간 파장 분위기 완연한 거리에 부채를 하나씩 손에 쥔 우리의 어머니들이 나타난 것이었다.

'뭐지? 이 씁쓰레한 기분은?'

나는 정체를 알 수 없는 이상한 감정에 휩싸여 한참 동안 그 자리를 떠날 수 없었다. 어머니의 모습은 이미 눈에 보이지 않을 만큼 멀어져 있었지만 차마 발걸음을 옮길 수가 없었던 것이다.

나는 그렇게 한참을 서 있었다. 내가 정신을 차린 것은 어디선가 느닷없이 나타난 헬리콥터의 굉음 때문이었다. 수많은 사람들이 거리에 버리고 간 쓰레기를 헬리콥터 프로펠러 바람을 이용해 한쪽으로 모으고 있는 중이었다. 그러니까 거의 한나절을 꼼짝도 하지 않고 그 자리에 서 있었던 것이다.

그로부터 1년이 지난 1985년 7월 4일. 그 당시 나는 워싱턴 지역 대학연합 총학생회장직을 수행하고 있었다. 가깝게 지내던 친구의 느닷없는 후보 사퇴로 대신 출마해 당선되는 바람에 생각지도 않았던 한인회 관련 활동을 하게 된 것이었다.

어쨌든 나는 동료 한인 학생들과 함께 꼭 1년 전 어머니가 참여했던 독립기념일 퍼레이드에 참여하게 되었다. 참신한 아이디어를 낼 수 있는 젊은 학생들을 앞세워 침체된 한인 사회의 분위기를 활기차게 바꿔 보자는 어른들의 결정에 따른 것이었다.

　행사 결과는 최고였다. 미국 연방정부 최우수상을 수상한 것이다. 대학생들이 올린 뜻밖의 쾌거에 한인 어른들은 마치 사탕 받은 어린아이처럼 기뻐했다. 더불어 행사를 성공적으로 치러 낸 우리에게 아낌없는 찬사와 박수를 보내 주었다.

　독립기념일 퍼레이드에 우리 학생회는 거북선을 준비하기로 했다. 세계 각국에서 건너온 다양한 민족의 이민자들이 뒤섞여 살아가는 나라 미국. 그 중심부인 워싱턴 D.C.에서 우리 민족의 기상을 가장 잘 나타낼 수 있는 것은 무엇일까를 고민한 끝에, 세계 최초의 철갑선인 거북선을 내놓기로 한 것이었다.

1985년 7월 4일, 미국 독립기념일 퍼레이드 행사에 참여해 최우수상을 수상한 거북선. 워싱턴 지역 총학생회가 제작한 것이다.

그런 결정을 내릴 때까지만 해도 우리 모두는 스스로에게 기꺼워했다. 미국의 수도인 워싱턴 D.C. 거리에서 이순신 장군의 거북선 모형 위에 올라 퍼레이드 하는 모습을 떠올리며 속절없이 콩닥거리는 가슴을 애써 진정시켰다. 그것은 분명 기분 좋은 설렘이었다. 대단한 애국지사가 된 듯한 착각에 잠시 빠지기도 했다.

하지만 현실은 우리에게 그런 기분을 만끽할 틈을 주지 않았다. 암담하다고 할 수밖에 없는 거대한 장애물이 겹겹으로 늘어서 우리의 앞길을 가로막고 있었던 것이다.

"그런데 거북선을 어떻게 만들지?"

"거북선처럼 만들면 되지, 무슨 걱정이야?"

"생김새를 정확하게 알아야 만들 수 있을 거 아냐?"

"거북이처럼 만들어 보자고!"

"우리가 만들어야 하는 건 아이들 장난감이 아니라 트럭에 씌울 만큼 큰 거북선이야!"

"그런가? 듣고 보니 맞네!"

대부분의 사람들이 그러하듯이 '거북선'이라고 하면 기껏 이순신 장군이나 임진왜란과 관련된 영화, 또는 텔레비전 드라마의 한 장면을 떠올릴 정도가 전부인 수준의 우리들이었다. 거북선의 외형 또한 모두들 스쳐 지나치듯 사진이나 영상으로 본 것이 전부였다. 너나 할 것 없이 거북선의 생김새만 대강 알고 있을 뿐, 구조에 대한 기본적인 자료나 정보를 갖고 있을 턱이 없었다.

"그리고 우리 중에 건축이나 토목을 전공한 친구가 없잖아?"

"갑자기 웬 전공 타령이야?"

"거북선을 만들려면 톱질이나 망치질도 해야 할 테니까……."

"그 또한 옳은 말이네!"

더욱 황당한 것은 모두들 망치로 대못을 박거나 톱질을 해 본 경험 자조차 없다는 사실이었다. 그럼에도 불구하고 우리는 트럭 위에 씌 워 가두행진을 해야 할 만큼 엄청난 크기의 거북선을 만들어야 했다.

"그럼 어떻게 하지?"

"……!"

냉정한 현실 앞에 마주 선 우리는 잠시 '가능'과 '불가능' 사이에서 갑 론을박을 벌였다. 그리고 결론은 '모두들 불가능하다고 여기는 일을 기어코 해내는 대한의 건아가 되자!'며 결의를 다졌다. 거북선 모형 제 작은 그렇게 시작되었다.

한편에서는 자료를 찾아 나섰고, 또 한편에서는 거북선 제작에 필 요한 자재를 구하러 다녔다. 그런데 거북선에 대한 자료가 어디에도 없었다. 여러 대학의 도서관을 뒤져 보았지만 찾아볼 수가 없었고, 대 사관에 문의를 해도 고개를 저을 뿐이었다.

하지만 우리는 '무식하면 용감해진다.'는 말을 믿었다. 그리고 그 말 이 마치 우리를 위해 존재하는 양, 이리저리 뛰어다니며 좌충우돌했 다. 우리는 그렇게 제각각 담당한 일을 위해 최선을 다했다.

하지만 모든 일에는 절대시간이 필요한 법이었다. 설명서가 들어 있는 장난감 하나를 조립하는 데도 상당한 집중력과 시간이 필요하다. 하물며 우리는 아무런 사전 지식도 없는 상태에서, 전문가의 조언 한마디 듣지 못한 채 거대한 거북선을 만들고 있는 중이었다. 그러니 작업 진척 속도가 예상보다 늦어지는 것은 너무나 당연한 일이었다. 그리고 시간이 흐르면서 난데없는 중노동을 견뎌 내지 못한 동료들이 하나둘씩 나가떨어지기 시작했다.

모두가 심각한 표정으로 한자리에 모였다. 젊은이 특유의 열정이 분위기를 지배했던 지난번 토론 때와는 달리, 이번에는 서리 맞은 구렁이처럼 기운이 빠져 하나같이 포기를 들먹이고 있었다.

"망치에 맞아 손톱 하나 빠진 건 언젠가 다시 자랄 테니 괜찮아."

"그럼 뭐가 문제야?"

"넌 독립기념일까지 완성할 수 있다고 생각해?"

"시간이 빠듯할수록 더 열심히 해야 하는 거 아닌가?"

"결과를 얻을 수 없는 일에 매달린다는 건 그 시간만큼, 열정만큼 손해라고 생각해. 그래서 나는 여기까지만 할 거야."

"그러지 말고 한 번만 더 힘을 모아 보자!"

"남은 친구들한테는 미안하지만 어쩔 수가 없다."

육체적인 고통이야 감내할 수 있지만, 절대적인 시간 부족이 문제였다. 결국은 퍼레이드에 참가하지도 못한 채 끝나고 말 것이라는 비관론이 설득력을 얻고 있었다.

나 역시 그런 우려를 하지 않은 것은 아니었다. 하지만 그만둘 수가 없었다. 언제부터였는지 정확하게 꼬집어 말할 수는 없지만, 내 머리 속에는 행사 참가 여부보다 거북선 완성이라는 명제가 더 중요하게 자리 잡기 시작했던 것이다. 물론 거북선을 완성해 워싱턴 D.C. 거리를 확보할 수 있다면 최상의 결과일 터였다. 그러나 만약 그 목표점에 도달하지 못한다 하더라도 거북선은 끝까지 만들어야 한다고 생각했다.

"그렇다면 계속 참여 여부는 개개인의 판단에 맡기기로 하자."

"좋아! 처음부터 누군가의 강제에 의해 시작한 건 아니니까······."

결국 몇 명의 이탈과 함께 작업은 계속되었다.

"느닷없는 중노동에 놀란 관절 마디마디가 몸을 움직일 때마나 소달구지처럼 삐거덕거리는 소리를 내고 있는 것 같아."

"앞으로 사나흘 정도 더 열심히 혹사시켜라. 그러면 네 그 관절도 모든 것을 포기하고 제자리를 잡을지도 몰라."

"정말 그럴까?"

"내가 어떻게 알겠냐? 그러길 바란다는 말이지."

"이런 제길!"

실없이 주고받는 농담이 그나마 위안이 되어 주었다. 그렇잖아도 일손이 부족한 상황에서 몇 사람이 더 빠져나가자 남은 친구들이 해결해야 할 일은 더욱 많아졌기 때문이었다.

며칠 밤낮을 통틀어 휴식이라고는 고작 돌아가면서 한쪽 구석에 쪼그리고 앉아 조는 잠깐의 자투리 잠이 전부였다. 너 나 할 것 없이 입술은 가뭄철 논바닥처럼 갈라져 있었고, 퀭하니 들어간 눈은 초점을 어디에 두고 있는지 분간하기 어려울 지경이었다.

그렇게 시간이 흘러 7월 4일 새벽이 되었다.

퍼레이드 시작 네 시간 전. 그 시간 안에 완성된 모형 거북선을 트럭에 씌워 행사장까지 옮겨야 했다. 하지만 우리 앞에는 전혀 거북선 같아 보이지 않은 목조 구조물 하나가 덩그러니 놓여 있었다. 천신만고 끝에 거북선 닮은 모양새를 만들어 내기는 했지만, 아직 페인트칠이 남아 있었던 것이다.

그때까지 악으로, 깡으로 버텼던 인원은 나를 포함해 다섯 명. 한 친구가 땅바닥에 털썩 주저앉으며 혼잣말처럼 중얼거렸다.

"이만하면 됐다."

옆에 있던 친구가 대꾸했다.

"우린 자신에게 부끄럽지 않을 만큼 최선을 다한 거야."

또 한 친구가 고개를 끄덕이며 결정적인 한마디를 내뱉었다.

"그래, 이제 그만 가자!"

나는 그들을 붙잡을 수 없었다. 마지막까지 남아 함께해 준 것만으로도 충분히 고맙고 감사했던 것이다. 게다가 모두들 눈을 깜박이는 것조차 버거울 만큼 피곤에 찌들어 있다는 사실을 알고 있었기 때문이었다.

네 친구가 비척비척 걸음을 옮겨 승용차에 올랐다. 나는 멀뚱하게 서서 미완의 거북선을 바라보았다. 나 역시 죽을 만큼 피곤했다. 당장 집으로 돌아가 지친 몸을 누이고 싶었다. 하지만 그럴 수가 없었다. 우리 손으로 만든 소중한 거북선의 형상을 미국의 수도 워싱턴 외곽 공터에 흉물처럼 방치해 둘 수는 없었다. 나아가 내 최선은 불가능할지라도 마지막까지 페인트칠을 하는 것이라는 생각이 들었다.

나는 페인트 통과 붓을 집어 들었다. 그런데 잠시 후 희뿌연 여명을 업은 네 개의 그림자가 좀비처럼 스멀거리며 다가왔다. 막상 승용차에 몸을 실었지만 차마 떠날 수는 없었던 모양이었다.

"징그러운 놈!"

"언젠가 복수하고 말 거야!"

"저게 사람이냐?"

"셋 다 이하 동문이다!"

투덜거림과 함께 친구들 역시 페인트 통과 붓을 하나씩 챙겼다. 배꼽 언저리에서 짜릿한 전류가 생성된 것은 바로 그 순간이었다. 어떤 말로도 설명이 불가능할 듯싶은 이상야릇한 그 전류는 곧 심장을 통해 온몸으로 확산되면서 나를 흠뻑 감전시키고 말았다. 그 이후 어디에서 그런 힘이 나왔는지, 우리는 결국 페인트칠을 마무리할 수 있었다. 그리고 가까스로 퍼레이드 대열에 합류해 우리의 자랑스러운 거북선이 워싱턴 D.C. 거리를 관통하게 했다.

우리는 기어코 해냈다. 스스로 '거기까지는 절대 도달하지 못할 것'이라고 여겼던 우리의 한계를 뛰어넘은 것이다. 그 일을 통해 어떤 어려움일지라도 의지만 있다면 이겨 낼 수 있다는 자신감을 얻었다.

그날 경험했던 기적의 감동은 내가 어려움에 처할 때마다 그것을 이겨 내는 동력이 되어 주었다. 나아가 모두가 마지막이라고 생각하는 마지막 1% 속에 희망과 절망이 공존하며, 끓는점이 100℃인 물은 99℃일 때는 절대로 끓지 않는다는 사실도 깨닫게 되었다. 그에 비하면 미국 연방정부가 수여하는 최우수상은 덤에 불과한 것이었다.

어떤 일을 할 때 스스로 행복해하는가?

1985년 7월 4일 새벽, 온몸을 전율케 했던 신선한 충격은 내 인생의 항로를 통째로 바꾸어 놓았다. 그날의 경험이 없었더라면 나는 공부를 계속했을 터였다. 어쩌면 상당한 학문적 성과를 이룬 학자로 우뚝 섰을 수도, 또 어쩌면 전공을 살려 남부럽지 않은 부를 축적한 경제인이 되어 있을지도 모를 일이다.

하지만 나는 지금 이 자리에 서 있다. 풀뿌리 민주주의를 기반으로 한 시민운동과 한인회 활동이 내 삶의 전부라 해도 과언이 아닌 민간공공외교관으로서, 전혀 다른 모습의 내가 되어 있는 것이다.

젊은 시절, 많은 친구들이 그런 내 선택을 못마땅해하곤 했다. 그 당시의 나역시 '어떤 일을 할 때 스스로 행복해하는가?'를 두고 한 뼘이 아닌 백 뼘, 천뼘 더 깊이 생각해 보았다. 그렇게 결정한 내 청춘이었고 내 삶이었다.

그리고 30여 년이 흘렀다. 나는 지금 젊은 홍일송이 내린 결정을 기꺼운 마음으로 칭찬하고 있다.

2002년
한일 월드컵의
추억

 2000년부터 2002년까지, 나는 월드컵

미주 자원봉사단 단장직을 수행했다. 월드컵이 열리기 훨씬 전부터 성
공적인 월드컵 개최를 위해 미주 동포들이 도울 수 있는 일이 무엇인지
를 찾고, 보다 효율적인 지원을 위한 준비를 꾸준히 해 나가고 있었다.

그 당시 월드컵조직위원회의 가장 큰 고민거리는 각국 대표선수단
과 취재기자들과의 유기적인 의사소통이었다. 단순한 통역 업무만 담
당한다면 별다른 어려움이 없겠지만, 기본적인 통역 이외에 한국을
알리는 홍보대사 역할까지 병행해야 하기 때문이었다.

월드컵조직위원회의 연락을 받은 우리는 월드컵 기간 동안 언어자
원봉사에 참여할 지원자 신청 접수를 받았다. 고국에서 개최되는 월

드컵에 대한 미주 동포들의 관심은 예상 외로 높아 지원자가 넘쳤다.

그중에서 우리는 모국어 구사가 가능한 1.5세와 2세 중심으로 언어 자원봉사단 295명을 선발해 통역은 물론, 대한민국을 세계만방에 널리 알리는 민간외교사절로서 갖추어야 할 소양교육을 마친 후 고국행 비행기에 몸을 실었다.

한국에 도착한 언어자원봉사단은 부모님의 고향이나 가까운 친척이 살고 있는 연고지에 배치되었다. 그리고 경기가 열리는 날은 각국 대표들을 그림자처럼 따라다니며 대회 진행의 윤활유 역할을 했고, 경기가 없는 날은 외국인들이 많이 찾는 관광지나 방문자 센터에 배정되어 안내를 담당했다.

그리고 한 달 후, 2002 한일 월드컵은 성공리에 막을 내렸다. 우리나라 대표팀은 아무도 예상하지 못했던 월드컵 4강 신화의 위업을 달성했고, 경기 이외의 진행 부분에서도 성공적인 대회였다는 평가를 받았다. 월드컵대회의 모든 관계자들이 보이지 않는 곳에서 자신의 역할을 다한 결과였다.

미주 언어자원봉사단 295명과 함께 월드컵에 동참했던 나 역시 가슴 뿌듯한 보람을 느꼈다. 하지만 내 가슴은 월드컵 대회가 시작되기 7~8개월 전부터 뜨거운 감동으로 촉촉하게 젖어 있었다. 2001년 가을, 월드컵 홍보를 위해 미국에서 초등학교에 다니는 미국 소년 20여 명을 데리고 들어와 친선경기를 했던 것이다.

2001년 가을. 월드컵 홍보를 위해 미국의 초등학생 20명을 국내에 데리고 들어와 친선경기를 벌였다. 부산 구덕운동장 축구장에서 친선경기 후 찍은 사진이다.

월드컵조직위원회의 요청에 따라 월드컵 홍보 친선경기를 하기 위해 미국 초등학생으로 팀을 꾸려 함께 입국한 나는 난생처음 월드컵 경기장을 밟았다. 그 당시 각 도시의 월드컵 경기장은 잔디 보호를 위해 대회 관계자들조차 필드 안에서는 신발을 신지 못하게 할 만큼 철저하게 관리했다.

그렇게 소중한 경기장에서 미국 소년들과 한국 초등학교 축구선수들이 처음으로 시합을 갖게 된 것이었다. 그런데 나와 함께 입국한 미국 소년들은 선수가 아니었다. 게다가 서로 다른 지역에 살기 때문에 서로 호흡을 맞춰 볼 시간적인 여유도 없었다. 그와는 달리 한국 초등학생들은 그 지역을 대표하는 같은 학교 축구부 선수들로, 최소한 3~4년 이상 함께 훈련을 해 왔던 아이들로 구성되어 있었다. 따라서 나는 당연히 미국 소년팀의 참패를 예상하고 있었다.

첫 시합은 대전광역시 유성구에 있는 대전 월드컵 경기장이었다. 우리와 시합을 하게 된 학교는 모든 수업을 잠시 뒤로 미루고 경기장으로 자리를 옮겨 관중석에 자리를 잡았다. 물론 월드컵 경기장에서의 첫 시합을 구경하려는 일반인들 역시 상당수가 입장해 있었다.

나는 전교생의 일방적인 응원에 미국 아이들이 기가 죽지는 않을까 우려스러웠다. 하지만 그것은 기우에 불과했다. 학교 측에서 전교생을 절반으로 나누어, 양 팀을 공평하게 응원하도록 배려해 준 것이었다. 전혀 예상하지 못했던 배려에 코끝이 찡해질 만큼 감사하는 마음이 우러나왔다. 느닷없는 박수와 환호에 어리둥절하던 미국 아이들도 이내 상황을 짐작하고는 긴장으로 경직되었던 얼굴색이 환하게 밝아졌다.

어차피 승패에 의미를 부여하는 시합은 아니었다. 하지만 나는 가능하다면 1점이나 2점 정도의 근소한 점수 차이로 패배하면 좋겠다는 희망사항을 갖고 있었다. 너무 큰 점수 차이로 지게 되면 혹시 먼 곳에서 온 아이들이 마음의 상처를 받지나 않을까 걱정이 되었던 것이다.

킥오프를 알리는 주심의 호각 소리와 함께 경기가 시작되었다. 그리고 10여 분이 지난 후부터 나는 고개를 갸웃거렸다. 축구에 대해 아는 바가 거의 없는 나였지만, 아무리 생각해도 이해되지 않는 현상이 운동장 한가운데서 벌어지고 있었기 때문이었다.

재미 삼아 취미로 축구를 해 왔던 미국 소년들은 몸놀림이 자연스러운 반면, 그 지역을 대표할 만큼 명성이 높은 한국 소년들의 움직임은 마치 몸에 맞지 않은 옷을 입은 사람처럼 어색해 보이기만 했던 것이다. 게다가 경기 결과마저 미국팀의 승리로 끝나고 말았다. 아무리 친선게임이고 승패에 의미를 두지 않는 시합이라고는 하지만, 그 지역을 대표한다는 한국팀의 경기력이 의문스럽다는 생각이 들었다.

어쨌든 무사히 경기를 마친 우리는 양팀 아이들과 함께 월드컵 홍보팀 관계자들이 예약해 놓은 식당으로 향했다. 식당에서는 아이들이 도착하자마자 음식을 먹을 수 있도록 모든 준비가 완료되어 있었다. 한쪽에서는 불고기가 보글보글 끓고 있었고, 다른 한쪽에서는 갈비살이 노릇노릇 익어 가고 있었다.

한국 소년들이 환호를 지르며 자리에 앉았다. 반면에 미국 아이들은 기겁을 하면서 뒷걸음질을 치는 것이었다. 나는 음식이 익어 가고 있는 탁자를 둘러보았다. 충분히 그럴 만했다. 화장실 변기 옆에 걸려 있어야 할 두루마리 화장지가 식탁 곳곳에 당당하게 놓여 있으니, 미국 아이들이 놀라지 않을 수가 없었던 것이다.

나는 재빨리 식당 주인을 불러 두루마리 화장지를 치우게 했다. 그리고 당혹스러워하는 아이들을 어르고 달래 가까스로 자리에 앉혔다. 하지만 아이들은 음식을 먹으려 들지 않았다. 가뜩이나 예민한 나이인지라, 두루마리 화장지에 대한 잔상을 쉽게 지울 수가 없었던 까닭이었다.

나는 어쩔 수 없이, 느닷없는 자리에서 한국과 미국의 문화 차이에 대한 구구절절한 설명을 해야만 했다. 또한 조금 전 식탁 위에 놓여 있던 두루마리 화장지는 화장실에 들어가 본 적이 없는 청결한 화장지라고 강조했다. 그리고 마지막으로 한국의 두루마리는 미국의 고급 티슈와 비견될 만큼 질이 좋기 때문에 식탁에서 사용하는 것이 일상화되어 있다는 허풍을 치자 하나둘씩 숟가락을 들기 시작했다.

그런데 역시 아이들은 아이들이었다. 처음에는 주춤거리며 망설이던 녀석들이 오리지널 불고기와 갈빗살로 입맛을 한번 다셔 본 뒤부터는 맞은편에 앉은 한국 아이들보다 더 빠른 속도로 음식을 먹어 대는 것이었다.

가까스로 위기를 모면한 나는 양팀 코치를 비롯한 관계자들과 함께 식사를 시작했다. 마침 바로 옆에 한국팀 코치가 자리를 잡았다. 분명히 실례가 되는 일임에도 불구하고 나는 묻지 않을 수 없었다.

"코치님, 대단히 죄송스러운 질문이지만……."

하지만 그는 아무렇지도 않은 듯 웃었다.

그러더니 이렇게 되물었다.

"단장님께서도 실망하신 모양이네요?"

나는 황급히 고개를 저었다.

그리고 변명하듯 말했다.

"그게 아니라 아이들 몸놀림이 여간 어색해 보이지 않아서……."

"잔디구장이니까요."

잔디구장이 어떻다는 건지 나는 이해할 수 없었다.

"예?"

그가 설명을 덧붙였다.

"우리 아이들, 오늘 잔디구장에서 처음으로 뛰어 보는 거거든요."

"아! 그랬었군요."

그가 사람 좋은 미소를 머금으며 말했다.

"이번 월드컵이 끝나고 나면 우리도 많이 좋아질 겁니다."

나는 고개를 끄덕였다.

맨땅에서 오랫동안 축구를 해 왔던 아이들을 갑자기 잔디구장 위에 올려놓으니 모든 것이 뜻대로 되지 않았을 터였다. 그러니 드리블도, 패스도, 슈팅도 어색하게 보일 수밖에 없었던 것이다. 나는 그런 아이들을 애잔하게 여기며 응원하는 한국팀 코치가 참으로 대단해 보였다.

그날 밤, 미국팀 모든 아이들은 자신과 같은 포지션을 맡고 있는 한국팀 아이와 짝꿍이 되어 2박 3일을 보내게 되었다. 함께 시합을 하고 음식을 먹으면서 얼굴을 익히기는 했지만 어색한 기운이 역력했다.

하지만 다음 일정을 위해 헤어져야 할 시간이 다가오자 서로 부둥켜안고 눈물을 흘렸다. 그저 순박하기만 한 소년들은 의사소통이 완벽하지 않음에도 불구하고 왈칵 정이 들어 버린 모양이었다. 그 이후에 시합을 한 부산과 서귀포에서도 똑같은 현상이 반복되었다. 헤어질 때마다 눈물을 흘리는 아이들을 보면서, 속절없는 내 가슴까지 먹먹해졌다.

나와 함께 미국에서 건너온 아이들은 시합 후 다시 미국행 비행기에 몸을 실어야 했다. 그 아이들에게 이번 여행이 어떤 의미로 자리하게 될지는 아직 모를 일이었다. 하지만 나는 그 아이들 모두의 가슴속에 낯설지만 포근했던 대한민국이라는 나라의 향기가, 나아가 대한민국에서 만난 친구들과의 짧은 추억이 긍정 에너지가 되어 오랫동안 살아 숨쉬기를 빌고 또 빌었다.

재미 동포 2세가 겪어야 했던 가슴 아픈 경험

2002년 한일 월드컵 언어자원봉사단 중에 미국에서 태어나 성장한, 그래서 모국어가 다소 어눌한 22살 청년이 포함되어 있었다. 그는 난생처음 아버지의 나라를 방문해 도움을 주는 일을 할 수 있다는 생각에 몇 날 며칠 동안 밤잠을 제대로 이루지 못했다.

그리고 2002년 5월 말, 꿈에도 그리던 대한민국 땅을 디딜 수 있었다. 공항 게이트를 나서는 순간, 그의 눈에서는 자신도 모르는 사이에 눈물이 흘러내렸다. 스쳐 지나치는 거의 모든 사람들의 생김새가 자신과 비슷하다는 사실 자체가 감동이었던 것이다.

하지만 문제는 그 이후부터였다. 아버지의 나라를 위해 언어자원봉사자로서 나름대로 최선을 다했지만, 그를 진정한 한국인으로 대해 주는 사람은 아무도 없었다. 월드컵을 핑계로 여행 삼아 고국을 방문한 재미 동포 2세에 불과했던 것이다.

나와 '다름'을 '틀림'으로 규정해 버리는 고국 사람들의 태도가 그에게 상처를 주었다. 오케스트라는 서로 다른 여러 악기가 서로 다른 다양한 소리를 내 완성되기 때문에 아름답지 않은가? 그는 무척 많이 아파했다.

모든 일정을 마치고 미국행 비행기에 오르면서 그 청년은 말했다.

"저는 이제 제가 누군지조차 모르겠어요. 적어도 한 달 전까지는 한민족의 후손이라는 자부심을 갖고 살았었는데……."

우리는 그동안 우리가 아닌 우리에게 어떤 실수를 해 왔던 것일까? 가슴에 손을 얹고 다시 한 번 생각해 볼 일이다.

인연, 그리고
날아가지 않은
거북이

 2013년 여름, 미국 중동부에 위치한

캔자스시티에서 재미 대한체육회장 취임식 및 총회가 열렸다. 미국

내 22개 지회장과 각 분야별 가맹단체장 등 체육 관련 인사 400여 명

이 모이는 대규모 행사였다. 사실 나는 그 행사에 참석할 수 있는 상황

이 아니었다. 동해 병기와 관련된 버지니아 한인회 업무 때문에 도무

지 짬을 내기 어려웠던 데다가, 체육회와 관련된 일 역시 몇 년 전부터

손을 뗀 입장이기 때문이었다.

하지만 나는 취임식만 참석하고 돌아올 예정으로 캔자스시티행 비

행기에 올랐다. 새롭게 임기를 시작하는 안경호 회장의 취임을 직접

축하해 주고 싶었기 때문이었다.

내가 안경호 회장을 처음 만난 것은 2008년이었다. 그 당시 워싱턴 대한체육회 회장과 재미 대한체육회 부회장직을 겸하고 있던 나는 시카고에서 열린 총회에 참석했다. 캔자스시티 체육회의 재미 대한체육회 입회에 대한 것도 그 총회에서 결정될 예정이었다.

그런데 캔자스시티 체육회의 입회는 찬반토론 끝에 부결되고 말았다. 한인 전체 인구가 겨우 1만여 명에 불과한 캔자스시티는 재미 대한체육회의 위상에 걸맞은 활동을 할 수 없을 것이라는 의견이 지배적이었던 것이다.

결과가 발표된 순간, 캔자스시티 체육회 안경호 추진위원장이 침통한 표정으로 자리를 박차고 일어났다. 테이블 맞은편에 앉아 있던 나는 재빨리 일어나 팔을 이끌어 의자에 앉힌 다음, 의사 진행 발언을 신청했다.

그리고 천천히 입을 열었다.

"수많은 민족 구성원들이 살아가고 있는 미국에서, 매년 수천 명의 동포들이 한자리에 모여 미주체전을 열고 있는 소수민족은 우리 한인이 유일합니다. 그 부분에 대해 여기에 모이신 모든 분들은 대단한 자긍심을 느끼고 있으리라 믿습니다. 그렇지 않습니까?"

모두들 고개를 끄덕이며 한마디씩 중얼거렸다.

"그럼요."

"당연하지. 타민족들이 얼마나 부러워하는데……."

나는 말을 이었다.

"우리 한인 사회에는 수많은 단체들이 있습니다. 그 단체들을 통해 우리 동포들은 결속력을 다지고 정보를 교환하기도 하며, 고국에 대한 향수를 달래기도 합니다."

지극히 원론적인 얘기에 좌중이 웅성거렸다.

"그거랑 캔자스시티 체육회 입회랑 무슨 상관이 있습니까?"

"의사 진행 발언 요지가 뭡니까?"

잠시 안경호 추진위원장을 향하고 있던 시선을 거두어들인 나는 보다 강단 있는 어조로 발언을 이어 갔다.

"그 다양한 한인 단체들 중에서 이민 1.5세나 2세, 또는 3세들까지 함께하고 있는 단체가 있습니까? 혹시라도 있다면 말씀해 주십시오."

"......!"

아무도 입을 열지 않았다. 모든 한인 단체가 이민 1세대, 그러니까 나이 지긋한 어른들 위주로 운영되고 있기 때문이었다.

"재미 대한체육회뿐입니다. 오직 우리 체육회만이 아이들과 함께 호흡하고 있습니다. 또한 우리 체육회만이 미국 각 지역에서 모인 젊은이 3~4천 명이 한데 어우러져 뛰고 뒹굴면서 우의를 다지게 하고 있는 것입니다."

"그러네!"

"옳은 말씀이야!"

내 발언은 계속되었다.

"저는 캔자스시티에 살고 있는 우리의 아이들한테도 그런 기회를 주어야 한다고 생각합니다. 아니, 한인들 숫자가 더 적어 미주 한인 체육대회에 단체종목을 출전시킬 수 없는 도시라 할지라도 입회할 의사만 있다면 적극 수용해야 한다고 생각합니다. 모든 아이들이 한민족의 후손임을 자랑스럽게 여길 수 있도록 하는 것이야말로 오늘날 재미 대한체육회를 이끌어 가고 있는 우리의 의무일 것이기 때문입니다."

회의장 한쪽에서 "옳소!" 하는 외침과 함께 박수 소리가 들려왔다. 나아가 그 박수는 곧 회의장 전체로 퍼져 나갔다.

"따라서 저는 캔자스시티의 재미 대한체육회 입회 건에 대한 재투표를 제안합니다. 이상입니다."

의사 진행 발언을 마친 나는 자리에 앉았고, 아무도 반론을 제기하기 않았다. 그리고 또 한 번의 투표를 통해 재미 대한체육회 캔자스시티 지회가 정식으로 발족되었다.

그날, 안경호 회장은 내게 여러 차례에 걸쳐 감사의 뜻을 전했다. 일면식도 없었던 나로 인해, 하마터면 준비과정에서 사라질 뻔했던 캔자스시티 체육회가 극적으로 살아났기 때문이었다.

그로부터 7년이 지난 후, 캔자스시티 안경호 회장이 재미 대한체육회의 수장으로 당선되었다. 상대적으로 한인이 많이 살고 있는 LA나 뉴욕, 또는 워싱턴이나 샌프란시스코가 아닌 변방 중의 변방 출신이 재미 대한체육회를 이끌게 되었으니 더더욱 응원을 하고 싶었는지도 몰랐다.

시간이 빠듯해 가까스로 취임식에 맞추어 행사장에 도착한 나는 안경호 회장의 부탁으로 축사를 했다. 그리고 한국에서 초청되어 건너온 안민석 의원의 축사도 있었다.

공식적인 취임식 행사가 끝나고 해가 저물어 어둑해질 무렵, 참석자 모두가 함께하는 만찬이 시작되었다. 축하 행사의 뒤풀이가 늘 그렇듯, 오랜만에 만난 사람들끼리 악수와 포옹을 나누는 등 시끌벅적 왁자지껄 축제 분위기였다.

그러던 중에 한국에서 온 안민석 의원이 내게 다가와 물었다.

"홍 회장님, 워싱턴에서 오셨다면서요?"

"네, 그렇습니다."

그는 내 대답이 끝나자마자 기다렸다는 듯 입을 열었다.

"혹시 거북이는 날아갔나요?"

"천만에요! 그리 쉽게 날아갈 거북이가 아니거든요."

우리의 밑도 끝도 없는 대화에 주변 사람들이 멀뚱한 표정을 지었다. 하지만 안민석 의원은 주위의 그런 반응에도 아랑곳하지 않고, 거구를 대뜸 움직여 내 어깨를 잡아 일으켜 세우더니 외쳤다.

"나야, 나. 안민석! 기억 안 나?"

"어? 네가 옛날 잡초 안민석이라고?"

"그렇다니까!"

"허, 세상에 이런 일이!"

우리는 잠시 연회장 밖으로 나와 30여 년 전의 서로를 확인했다.

1980년대 후반, 선생이 되고 싶었던 안민석은 어수선한 정국 탓에 가까스로 대학을 졸업했지만, 학생 시위 전력 때문에 교사 임용을 받을 수 없었다. 그래서 고민 끝에 미국 유학길에 올랐다. 당시 그의 재산은 한화로 70만 원이 전부였다.

뉴욕에 도착한 안민석은 슬럼가에서 흑인들과 노숙을 할 수밖에 없었다. 나아가 병원 영안실 시체 닦는 일과 피자 배달 등 닥치는 대로 아르바이트를 하면서 학비를 충당했다. 그래서 한국 유학생들은 그를 잡초라는 별명으로 부르고는 했다.

내가 안민석을 만난 것은 바로 그 즈음이었다. 한인 학생회 활동을 하면서 알게 된 뉴욕의 한 선배와 그가 함께 워싱턴을 방문했는데, 때마침 나와 연락이 닿아 2박 3일 동안 우리 집에서 밤새워 통음을 하면서 비정한 세상을 한탄했던 것이다.

그러던 중 내가 다니고 있던 매릴랜드대학교에 대한 이야기가 나왔고, 학교의 상징인 거북이 동상과 관련해 학생들 사이에서 전해져 내려오는 전설 같은 이야기를 들려준 적이 있었다.

매릴랜드대학교 대학원 앞에는 큼지막한 거북이 동상이 세워져 있는데, 시험 날 아침 거북이 동상의 코를 만지면 기대 이상의 성적이 나온다는 속설이 있었다. 그래서인지 청동 거북이 동상의 코는 언제나 반짝반짝 빛을 발하고는 했다. 또 한 가지는 '매릴랜드대학교 여학생들 중에서 완벽한 처녀의 몸으로 졸업을 하는 학생이 나타나면 대학원 도서관 앞 거북이가 하늘로 날아갈 것'이라는, 다소 황당한 이야기였다.

짧은 기간 동안 흉금을 털어놓을 만큼 가까워지기는 했지만, 젊은 시절 나와 안민석의 인연은 그것으로 그만이었다. 제각각 자신의 미래를 위해 치열한 삶을 살아가야 했기 때문이었다. 그로부터 얼마간 시간이 흐른 뒤, 박사학위를 취득한 그가 귀국길에 올랐다는 소식을 풍문으로 들었을 뿐이었다.

그리고 30년 가까운 세월이 훌쩍 지나가 버렸다. 학위를 마치고 귀국한 안민석은 대학에서 학생들을 가르치다 정치에 뛰어들었다고 했다. 그리고 경기도 오산시에서 내리 4선에 성공한 중견 정치인이 되어 있었다.

그는 미국을 방문할 때마다 워싱턴 출신 한인들을 만나면 다짜고짜

안민석 의원은 30년을 훌쩍 뛰어넘어 나와 다시 만난 인연으로 사단법인 문화재찾기 한민족네트워크의 회원이 되었다.

"거북이는 날아갔어요?"라는 질문을 던져 상대방의 고개를 갸웃거리게 하는 해프닝을 겪고는 했던 모양이었다. 워낙 짧은 만남이었기에 이름도 얼굴도 가물거렸지만 기회가 된다면 어떻게든 다시 한 번 만나고 싶었던 것이다.

복도에서 둘만의 이야기를 마친 안민석 의원은 내 팔을 이끌고 연회장 안으로 들어갔다. 그러더니 그대로 연단 앞으로 나가 큰 소리로 모든 참석자들의 주목을 끌었다.

"여러분! 오늘 이 자리는 재미 대한체육회 새 집행부의 출범을 기념하고 축하하는 자리입니다. 진심으로 뜨거운 축하의 말씀을 드립니다. 그리고 더불어 한국에서 날아온 제게도 축하받을 일이 하나 생겼습니다."

모든 사람들의 시선이 우리 두 사람에게 집중되었다.

"무슨 일인데 그러십니까?"

"좋은 일이면 함께 나눕시다!"

얼굴 가득 환한 웃음을 띠며 안민석 의원이 말을 이었다.

"30여 년 전, 찢어지게 가난했던 유학생 안민석의 가슴을 따뜻하게 어루만져 주었던 친구를 오늘 이 자리에서 다시 만났습니다. 여러분 축하해 주십시오! 그 주인공은 바로 이 친구, 버지니아 한인회 회장 홍일송입니다!"

연회장은 삽시간에 환호와 박수 소리로 가득 메워졌다. 나아가 수많은 사람들의 축하 인사와 술잔이 우리를 향했다.

안민석과 나, 우리의 인연은 30년을 뛰어넘어 그렇게 다시 이어졌다. 이튿날 아침, 바쁜 일정 때문에 서둘러 워싱턴행 비행기에 몸을 실은 나는 사람과의 인연에 대해 깊은 생각에 빠져들었다. 안경호 회장이나 안민석 의원과 같은 인연뿐만이 아니라, 인생의 행로 곳곳에서 마주쳐야만 했던 악연들도 뇌리를 스치고 지나갔다. 그리고 학생 시절 읽은 피천득 선생의 〈인연〉 중 한 구절이 떠올랐다.

'어리석은 사람은 인연을 만나도 몰라보고, 평범한 사람은 인연인 줄 알면서도 놓치는 경우가 많다. 하지만 현명한 사람은 스쳐 지나치는 인연도 살려 낼 줄 안다.'

참, 안민석 의원과 나는 그렇게 다시 만나 2014년 10월에 발족한, 우리 문화재를 되찾는 환수운동을 지원하기 위한 사단법인 문화재찾기 한민족네트워크의 일원이 되었다.

모든 일의 결과, 모든 인간관계의 성패는
나 하기 나름이다

불교에서는 인연을 '어떤 결과를 만들어 내는 직접적인 원인을 인(因)이라 하고, 인과 함께 결과를 만드는 간접적인 원인을 연(緣)'이라고 설명한다.

화단에 꽃을 가꿀 경우 꽃씨가 인이다. 그리고 물과 거름과 정성은 연이다. 따라서 인과 연이 다 좋으면 꽃은 만개한다. 그러나 둘 중 하나가 부족하면 아름다운 꽃을 기대할 수 없다. 그리고 인과 연이 모두 좋지 않으면 싹조차 틔우지 않는다.

사람과 사람 사이에서의 인(因)은 나 자신이다. 나를 제외한 모든 사람들은 당연히 연(緣)이다. 그런데 사람들끼리의 관계는 지극히 상대적으로 맺어진다. 내가 어떻게 하느냐에 따라 상대방의 반응도 달라진다는 말이다.

인간관계에서 절대 선이나 절대 악, 또는 모두에게 좋은 사람이나 모두에게 나쁜 사람은 없다. 좋은 인연도 나쁜 인연도 나 자신의 생각과 말, 그리고 행동이 만들어 낸 결과물이다.

삶은
속도가 아닌
방향이라는데

 나는 한국에서 태어나 어린 시절을
보냈다. 아버지가 직업군인이었던 탓에 몇 차례 이사를 한 기억은 있
지만, 모든 것을 뒤로한 채 바다를 건널 것이라는 생각은 꿈에서도 해
본 적이 없는 토종 한국인이었다.

하지만 나는 미국 국적을 가진 미국 시민이 되었다. 한국에서 중학
교를 졸업한 뒤, 내 의지와는 상관없이 부모님을 따라 미국행 비행기
에 올랐다. 그 이후 나는 줄곧 한국계 미국인으로 살았다.

고등학교에 입학한 나는 우선 낯선 환경에 적응하기 위해 최선을 다
해야 했다. 그리고 미국 생활이 어느 정도 익숙해진 뒤에는 도태당하
지 않기 위해 사투를 벌였다.

대학에 진학한 이후에는 성공하고 싶었다. 미국에 도착한 순간부터 실질적인 가장 역할을 할 수밖에 없었던 어머니의 고단함을 덜어 드리고 싶었고, 이름만 대면 모두가 고개를 끄덕이는 대단한 경제학자가 되어 보일 듯 말 듯 뒤통수를 간질였던 소수민족에 대한 차별도 깨부수고 싶었다.

그러던 중 우연한 기회에 한인 사회와 인연이 닿았다. 한인 사회와의 만남은 내 인생의 전환점이었다. 경제학자로서의 성공을 목표로 했던, 그래서 도서관에 내 저서를 꼽히게 할 것이라는 그간의 꿈을 뒤로한 채 한인회 활동에 뛰어들었다. 인생의 항로가 단 한순간에 전혀 다른 방향으로 바뀌어 버린 것이다.

그렇게 30여 년이 흘렀다. 그 30년 동안 많은 일이 있었다. 1989년 평양 축전 때는 미주 대표로 방북해 평양에 머물렀다. 당시 스물다섯 젊은 나이였던 나는 내 조국의 나머지 반쪽이 어떤 모습인지 직접 확인해 보고 싶었다. 미국 국적자인 까닭에 굳이 북한 여행에 대한 사전 보고를 할 필요가 없었지만, 나는 주미 대사관을 찾아가 여행 신고를 했다. 그럼에도 불구하고 공산주의나 사회주의라면 치를 떠는 몇몇 사람들은 친북주의자 운운하며 손가락질을 하기도 했다.

2002년 월드컵을 앞두고는 미국 초등학생 어린이들과 함께 입국해 대전, 서귀포, 부산 등을 돌며 국내 초등학교 축구선수들과 친선경기를 치렀다. 그리고 월드컵 시작과 함께 미국에서 선발해 온 대학생 언어자원봉사자 295명이 기대 이상의 활약을 해 준 덕분에 큰 보람을 느겼다.

2007년에는 일본군 위안부 결의안이 미국 연방 하원에서 만장일치로 통과되는 데 힘을 보탰고, 버지니아 한인회를 책임지고 있던 2014년에는 동해 병기 법안을 통과시킨 후 모두들 부둥켜안고 꺼이꺼이 눈물을 흘리는 가슴 뜨거운 감격을 맛보기도 했다.

또한 버지니아 한인회 회장 임기가 끝나는 2014년 11월 30일은 내게 무한히 영광스러운 날이었다. 버지니아 페어팩스 카운티가 그 하루를 '홍일송의 날(William Hong Day in Fairfax County)'로 지정한 것이다.

새론 블로바 페어팩스 카운티 군수는 내게 감사패를 전달하면서 '홍회장은 훌륭한 지도자이자 시민운동가이며 자원봉사자다. 나아가 홍회장은 버지니아 한인 사회를 위해 많은 노력을 기울였다.'면서 칭찬

버지니아 한인회장 임기를 마치는 2014년 11월 30일 한인회 총회에서 임원들 전체가 수여하는 감사
패를 받았다.

의 말을 거듭하는 바람에 눈 둘 곳을 찾지 못할 만큼 민망함을 경험하기도 했다.

한인회와 인연을 맺은 30여 년 전, 나는 꿈을 꾸었다. 아무도 모르는 작은 씨앗 하나를 내 가슴속 깊은 곳에 심어 놓은 것이다. 그것은 바로 세계 각지에 흩어져 있는 750만 재외 동포를 하나로 연계할 수 있는 고리를 만들면 좋지 않을까 하는 희망사항이었다. 조국의 통일을 위해 서로 다른 국적을 가진 750만 재외 동포가 한 목소리를 낼 수 있다면 커다란 힘이 될 수 있겠다는 생각을 했던 것이다.

나는 미국의 한인회와 일본의 거류민단 및 조총련, 그리고 중국의 조선족과 러시아의 고려인 등 서로 다른 이름으로 불리는 재외 동포들을 총망라한 연합단체 구성에 대한 생각만 해도 가슴이 뛴다.

내가 오랜 세월 머나먼 미국 땅 버지니아에서 풀뿌리 시민운동을 하고 한인회 활동을 하며 민간공공외교관으로 열과 성을 다했던 것은, 그리고 밀반출된 우리 문화재 찾기와 북한의 민둥산에 나무 심기 운동을 벌이고 있는 것은, 35년 전 홍일송이 젊은 제 가슴속에 심어 놓은 씨앗을 싹 틔우기 위해서였다.

그런데 35년이 지난 오늘, 나는 아직 목표의 절반 지점에도 닿지 못한 상태에 머물러 있다. 이제 겨우 미국 전역에 흩어져 있는 각 지역 한인회를 이끌어 가고 있는 분들과 스스럼없이 인사를 나눌 수 있을 정도의 인프라를 쌓아 놓은 게 전부이니, 한편으로는 답답하기도 하다. 하지만 나는 서두르지 않을 작정이다. 반드시 내 손으로 목표를 이루고야 말겠다는 욕심도 없다.

일제 강점기 시절, 나라의 독립을 위해 몸 바쳤던 선열들도 '나 개인의 힘으로 나라를 반드시 되찾을 것'이라는 생각을 하지는 않았을 것이다. 4.19 혁명을 이끌어 낸 학생들도, 암울했던 군부독재 집권기 당시 민주화를 부르짖던 젊은이들도, 모두 다 그와 같은 생각을 했을 터였다.

문제는 속도가 아닌 방향이다. 그래서 독일 문학의 거인 괴테가 '인생은 속도가 아닌 방향'이라는 명언을 남겼는지도 모른다. 어떤 공공의 목표를 이루어 내는 속도는 개개인이 결정할 수 없다. 하지만 방향은 내 의지에 따라 움직일 수 있다. 비록 한 걸음일망정 내가 목표하는 방향으로 나아가면 되기 때문이다. 그러다 내가 지쳐 쓰러지면 다음 사람은 내가 시작했던 곳이 아닌, 한 발 더 나아가 쓰러진 그 자리에서부터 또 한 걸음을 내디딜 것이다.

그러다 보면 언젠가는, 또 누군가에 의해 750만 재외 동포들이 모두 함께하는 네트워크가 완성되는 모습을 볼 수 있으리라 믿는다. 한 사람이 꾸는 꿈! 그 꿈의 외연이 확장되어 모두가 꾸게 되면, 그 꿈은 반드시 이루어진다.

시간은 언제나 똑같은 속도로 흐른다

시간의 흐름은 변함이 없다. 우주 역사가 시작된 이후 시간은 단 한 번도 서두르거나 늑장을 부린 적이 없다. 또한 그 어떤 사람도 태어나 죽을 때까지 자신에게 주어진 시간을 바꿀 수는 없다. 그것은 오로지 하늘의 몫이다.

하지만 무슨 일을 하며 어떻게 살아갈 것인지는 내가 정한다. 내가 내 삶의 주인인 것은 오직 내 삶의 방향을 결정할 수 있기 때문이라는 말이다.

그럼에도 불구하고 사람들은 인생의 방향이 아닌, 시간의 노예가 되어 살아가고 있다. 빨리빨리를 외치며 스스로 정신을 차릴 수 없을 만큼 속도에 민감한 반응을 보이고는 한다.

한자에서 바쁨은 바쁠 망(忙) 자로 표기한다. 글자를 풀어 보면 마음이 죽었다는 뜻이다. 급하게 서두를수록 시야가 좁아지고 생각이 경직되어 마음이 죽은 상태와 같아진다는 의미일 터다.